Chéri on largue les amarres

ISBN 2-84141-136-2

Imprimé en France

Michel BUZANO

Chéri on largue les amarres

Editions l'ANCRE DE MARINE
4, rue Porcon-de-la-Barbinais
SAINT-MALO
35400
FRANCE

AVANT PROPOS

Comme skipper, j'ai souvent rencontré des hommes, des femmes ou des couples comme John et Béatrice qui se cherchent et imaginent un jour tout laisser pour partir vivre une autre vie idéalisée...

Beaucoup en restent au projet, d'autres comme Béatrice le réalisent, mais le parcours est pénible quand rien ne vous prédispose à ce nouveau genre de vie.

Juste avant son départ elle me confia discrètement son journal.

« Je n'en ai plus besoin, me dit-elle, et je souhaite qu'il puisse servir à d'autres »

Septembre 1997

PROLOGUE

JOHN

Lyon SATOLAS, lundi 19 heures. En ce mois de novembre, le ciel est bas, les précipitations se succèdent.

Quarante minutes de retard annoncées sur le vol de Lille pour cause de brouillard !

John, cadre commercial dans une grosse entreprise de la région, environ 35 ans, l'allure svelte, marié, deux enfants, se retrouve là comme toutes les semaines à la même heure.

Costume gris, cravate discrète mais chic sur une chemise parme, pardessus bleu marine jeté négligemment sur l'épaule, *Le Figaro* dans une poche, *Le Monde* dans l'autre, l'attaché-case en peau de porc à la main, il se dirige vers la boutique de l'aéroport et examine les revues nautiques exposées ; salon nautique oblige, elles font toutes leur titre sur l'événement.

Il aime passer une journée à ce salon en plein mois de décembre, caresser une main courante et sentir sur ses doigts l'odeur du teck, serrer une barre à roue et rêver, s'installer à une table à cartes l'espace d'un instant. Autant de plaisirs et d'impressions qu'il ne partagera malheureusement jamais avec Béatrice.

Cette année ce sera encore plus difficile, il aurait dû s'organiser plus tôt, et programmer un voyage professionnel sur Paris à cette période.

Il lui faudra donc négocier un week-end de liberté pour s'offrir ce plaisir extra conjugal car il n'est pas question que Béatrice l'accompagne à ce genre de manifestation.

Ils arriveraient peut-être à faire garder les enfants, mais il lui faudrait encore parlementer pour obtenir trois heures de salon à l'ouverture contre des visites de grands magasins, un musée et une pièce de théâtre branchée dont il n'a que faire.

Il suffit de l'observer pour discerner chez lui une certaine lassitude sur son visage mais du rêve dans ses yeux ; il lui faut absolument oublier la réalité, le lieu et l'instant.

Il feuillette rapidement quelques numéros hors-série, en choisit deux et se dirige vers la caisse.

Il cherche un endroit plus calme tout en évitant de regarder autour de lui ; il sait par expérience qu'il n'est pas rare de tomber sur une connaissance que l'on fuit mais qui vous sent et qui vous repère au milieu de la foule, et vous vole le seul moment de tranquillité que l'on s'est octroyé.

Ce soir, c'est son patron… Il aurait dû être à Hong Kong mais il est bien là et s'évertue depuis plusieurs minutes à lui faire de grands gestes lui signifiant de venir le rejoindre.

La réalité va vite reprendre le pas sur l'heure de rêve qu'il s'était déjà frauduleusement accordée.

Le boss a tôt fait de lui confirmer son changement de programme et lui signale ravi, qu'ils sont sur le même vol. « Grâce à votre secrétaire qui a vraiment fait fort sur ce coup-là ! » a-t-il l'audace de rajouter.

Il préfère ne rien dire. Il ne lui reste plus qu'à enfouir ses numéros hors série au fond de sa serviette tout en pensant qu'il aurait mieux fait de rester couché ce matin.

Heureusement que le vol est court, car il supporte de plus en plus difficilement son génie de patron qui, à moitié vautré sur lui, confidentialité oblige, monologue tout bas en lui étalant sur les genoux photos, maquettes, études de marché et planning de la prochaine campagne de pub.

Il n'a jamais vraiment accepté ce patron que sa femme Béatrice trouve évidemment génial et que lui considère comme un opportuniste sans autre ambition que celle de paraître.

La cinquantaine bedonnante, le front dégarni, le cheveu triste et long tombant sur les épaules, il veut se donner l'air « fils de pub ». Une chemise à jabot en soie rose, un pantalon de satin noir à soufflet et des semelles compensées pour faire oublier sa petite taille qui le complexe, de grosses lunettes d'écaille et un par-dessus qui traîne par terre il est certain qu'on le remarque.

Ce soir encore il a confirmé à John que son avenir était tout tracé dans la société, mais qu'il fallait qu'il épouse davantage cette société et la profession et en particulier qu'il fasse un effort pour être moins conventionnel.

Les mêmes propos que tient Béatrice, qui espère le voir enfin atteindre un poste de direction.

Il aimerait avoir le courage de lui dire que tout cela ne l'intéresse plus, que c'est fini, que son parcours dans la société même s'il est réussi, a été une erreur et qu'il a décidé de vivre autre chose.

Mais il ne le fera pas ou du moins pas encore…

Ce soir, tout lui paraît insupportable. Ce lundi a été catastrophique. Ce matin déjà l'orage a éclaté entre la salle de bains et la cuisine, lieu privilégié des rencontres matinales et des règlements de compte des couples, surtout quand le mari n'est que de passage.

Rien d'inhabituel, rein de grave, mais c'est tout de même de plus en plus fréquent.

Un rapide baiser pas plus chaud qu'une poignée de main molle et la petite phrase qui achève « en cas d'urgence, ma secrétaire sait toujours où me joindre ». Phrase qui a le don de reléguer l'épouse au second rang.

Bref, un lendemain de week-end comme tant d'autres où il a l'impression de gâcher sa vie à ne rien faire de ses moments de fausse liberté.

Il réalise que les années passent et que le bilan est plutôt négatif.

La région par exemple. Il n'a pas eu vraiment le choix, encore que…

Embauché il y a dix ans déjà dans une société située à deux cent cinquante kilomètres de la mer, alors qu'il avait tout pour faire une belle carrière à Marseille.

Marseille, c'était vraiment la période heureuse, seulement voilà, sa femme ne supportait pas de vivre à Marseille, loin de sa mère. Elle ne supportait pas plus la mer, le soleil, l'accent, les odeurs, ses copains, enfin tout ce qu'il aimait.

Il avait eu le choix entre divorcer, mais il était encore très amoureux à cette époque, faire venir sa belle-mère à la maison, mais cela revenait aussi à divorcer à courte échéance ou se trouver une situation à Lyon.

Chantage, pression, il avait cédé et accepté une mutation.

Sa femme Béatrice ; il ne savait plus très bien qui des deux avait choisi l'autre. Gentille, intelligente, belle mais qui ne trouvait d'intérêt à rien en dehors de ses enfants, de sa mère, de son foyer et de ses amies.

« Elle est formidable ta femme » disait une bande de faux-culs qui ne l'auraient pas supportée plus d'une semaine mais qui reconnaissaient quand même qu'elle était très cocooning et un peu bourgeoise, « mais c'est aussi, une qualité » rajoutaient-ils aussitôt.

C'est vrai que lorsqu'il l'avait connue, il en était fier, ça le changeait de ses copines de ponton...

En réalité, elle était pantouflarde, pas sportive, elle n'avait pas de passion ce qui pour lui était le plus grave.

Elle avait bien fait un peu de dériveur, mais elle n'était pas très motivée et de surcroît pas très douée.

Elle avait résolu le problème avec deux grossesses en trois ans, grossesses qu'il avait bien dû accepter.

« Avec les années, il y aura encore plus de risques, lui disait Béatrice quand elle avait parlé du second.

— Il y a déjà un antécédent dans votre famille, un cousin je crois » rajoutait la belle-mère.

Il avait bien expliqué que c'était pendant la guerre de quatorze et que le cousin en question était devenu simplet à trente ans après avoir reçu un coup de pied de cheval, mais sans résultat.

« Tu n'es qu'un égoïste » lui répétait sa femme quand il osait avancer qu'un enfant était bien suffisant pour le bonheur d'un couple et plus facile à faire garder que deux quand on a envie de faire autre chose que de l'élevage.

Tout cela ce serait mieux passé aussi s'il n'avait pas fait constamment référence à ses copains « voileux », toujours les mêmes avec lesquels il arrivait à embarquer trois semaines par an, ses vraies vacances, disait-il, ce qui n'arrangeait rien.

Il évitait quand même de les inviter à la maison compte tenu de leur situation de famille. Célibataires pour les uns ; « À leur âge ils ont certainement un problème » disait Béatrice, ou pire divorcés ; « quand on passe tout son temps sur un voilier et que l'on néglige tout le reste, ça ne peut que se terminer de cette façon » rajoutait-elle.

Devait-il le prendre comme un avertissement gratuit ?

Toujours est-il que divorcés ou célibataires, ils ne culpabilisaient pas lorsqu'ils partaient en croisière pour les vacances ou les week-end. Ils n'avaient pas « la gueule » avant et après et surtout ne devaient pas à titre de dommages causés à la famille passer deux semaines en club.

Deux semaines dans une réserve, sur une plage de sable blanc où il n'y avait strictement rien à faire sinon des pâtés de sable pour les petits, le lézard au soleil et des jeux idiots organisés pour des débiles en mal de défoulement.

« Bien sûr, tu n'apprécies pas mes amies et en dehors de la voile tout est nul, répétait Béatrice, tu ne dois pas être très normal » précisait-elle en conclusion.

Quant aux soirées disco, l'enfer ! il avait résolu le problème en proposant de garder les enfants du groupe, même si cela consistait à faire le tour des cases jusqu'à deux heures du matin pendant que sa femme s'éclatait sur la piste.

Elle aurait pu au moins apprécier son effort mais non. « Ce n'est pas un sacrifice » disait-elle à ses copines en admiration, qui auraient bien aimé ne pas avoir leur bonhomme sur le dos ; « il a horreur du bruit et de l'ambiance, c'est un sauvage et puis il ne faudrait tout de même pas oublier qu'il voyage toute l'année pendant que je me coltine les enfants. »

Il préférait ne pas répondre ; à quoi bon lui expliquer une fois de plus qu'il connaissait des couples qui avaient choisi de vivre ensemble leurs vacances avec deux enfants, en naviguant loin du bruit et de la foule.

Il aurait certainement insisté en lui précisant que ces femmes étaient tout à fait équilibrées et bien moins hystéros que ses copines, et enfin que les enfants ne devenaient pas systématiquement des sauvages.

BÉATRICE

Lyon centre, beau quartier, disons quartier chic, immeuble ancien mais « bel ancien », appartement cossu, héritage d'une famille de soyeux sur le déclin.

Même heure, même temps « pourri » préciserait John son mari, Chéri comme elle se plaît à l'appeler en toutes circonstances…

Temps pourri, mais cela n'a pas d'importance, au contraire, quand on a décidé de passer une soirée cool, seule à rêver.

Chéri est en voyage, les enfants chez sa mère, pas de repas à faire. Une vraie soirée comme elle en rêve.

Enveloppée dans son paréo du club – c'est fou ce que cela peut aider quand on déprime – un paréo qu'elle a gagné et auquel elle est très attachée, même si les couleurs et les motifs ne sont pas de très bon goût.

Elle s'en souvient encore. Chéri qui était furieux de la voir se donner en spectacle quand le GO de service, les mains baladeuses, lui avait appris à le nouer, lui avait fait remarquer devant toutes ses amies – ça fait toujours plaisir – qu'elle ressemblait à une bouée cardinale taguée par des scouts marins.

Cela avait fait rire tout le monde bien sûr, même celles qui ne savaient pas ce qu'était une bouée cardinale. Mais elle avait préféré ne pas relever la remarque et lui avait fait la « gueule » toute la soirée.

Assise en tailleur sur le tapis du salon, les mains bien à plat sur les cuisses, le dos bien droit, la poitrine en avant comme le lui a montré le moniteur du club qui insistait beaucoup sur ce détail, elle écoute, les yeux fermés, un air entendu cent fois cet été.

Un air qui la détend et lui rappelle des soirées merveilleuses, mais un air qui a le don d'énerver son mari.

Les vacances sont déjà loin, le bronzage n'est plus qu'un vieux souvenir, plus de nouvelles des amis.

On avait pourtant juré de se revoir à Lyon en septembre pour échanger quelques photos et en décembre sur Paris pour faire la fête.

Chéri en aurait certainement profité pour visiter le salon nautique, comme tous les ans, c'est une forme de pèlerinage.

Rien, chacun a retrouvé son univers et les contraintes qui vont avec.

Les contraintes, ça, elle connaît bien ! Un mari, une belle-mère, les enfants, le régime. Si seulement elle était seule, elle pourrait faire un vrai régime et un peu de sport.

Seulement voilà, Chéri et les enfants sont trop souvent là, Chéri, le régime, il ne doit même pas connaître ce mot et veut des repas complets ce qui n'arrange rien.

Tout cela ajouté à l'ambiance familiale qui se dégrade de plus en plus, il y a vraiment de quoi déprimer et tout remettre en question.

Elle avait espéré autre chose dans ce mariage. Son mari avait tout pour réussir dans sa société et elle était prête à le soutenir.

Elle rêvait par exemple de participer à ces symposiums où toutes les femmes de cadres dirigeants sont invitées en France ou à l'étranger aux frais de la société, bien sûr dans des palaces internationaux.

32 ans, grande, blonde, le visage assez fin, un corps agréable, une certaine classe, elle ne serait pas passée inaperçue dans ce genre de réunion mondaine où il est de bon ton d'écraser sa voisine.

Malheureusement, Chéri détestait ces situations, et tous les prétextes étaient bons pour esquiver ce genre de manifestation. Il refusait même les invitations entre cadres, invitations qui vous permettent de gravir plus facilement les marches de la hiérarchie dans une société où tout se négocie dans les salons.

Il ne devait sa situation qu'à ses compétences et même si elles étaient reconnues, il ne serait jamais un grand patron ; elle en était maintenant convaincue et devait se faire à cette idée

Le visage figé par son masque de beauté, entourée de flacons de toutes formes et couleurs dont elle ne connaît même plus les vertus, elle profite de l'instant.

Elle parcourt des brochures ramassées à la hâte et sans conviction dans une agence de voyages du quartier, quand l'une d'elle attire son attention.

Une eau verte et bleu lagon, une petite plage déserte de sable blanc dans une crique sur fond de rochers rouges, un voilier au mouillage, une femme bronzée allongée sur le pont…

Et si cette année, pense-t-elle, elle l'accompagnait dans une de ses croisières ?

Ce serait peut-être le moyen de resserrer des liens qui se distendent chaque jour.

Bien sûr, il faudrait qu'elle s'organise, qu'elle fasse un effort, mais c'est peut-être la dernière chance.

Il est temps qu'elle se reprenne. Elle ne va tout de même pas passer sa vie à se sacrifier à des enfants déjà trop assistés, un mari absent quand elle en aurait besoin et là sans y être quand il ne le faudrait pas, une mère envahissante, – sur ce point il n'a pas tort – et des amies qui vous oublient pendant des mois et se rappellent à vous quand leurs peines de cœur deviennent trop lourdes à porter…

PROJETS

Comme skipper, j'ai souvent rencontré des hommes, des femmes ou des couples comme John et Béatrice qui se cherchent et imaginent un jour tout laisser pour vivre une autre vie idéalisée.

Je connaissais John depuis des années, depuis l'époque où étudiant, nous avions choisi, c'était encore possible, de vivre nos passions ; j'avais opté pour la voile, au détriment de ma carrière, les autres avaient préféré faire carrière dans l'industrie.

Tous étaient restés fidèles à la mer et embarquaient tous les ans avec moi pour des croisières plus ou moins longues. Ils voulaient se ressourcer, disaient-ils, et rêver qu'un jour peut-être…

Je ne connaissais que très peu Béatrice, je l'avais croisée sur les pontons au début de son mariage avec John. Je dois reconnaître qu'elle était belle fille mais je n'avais rien fait pour lui être agréable ; je l'avais trouvée assez froide et distante et je ne m'étais jamais étonné de ne pas la revoir.

Qu'elle ne fut pas ma surprise le jour où elle me téléphona pour me faire part de son projet de suivre John en croisière.

Ne sachant pas si elle en avait discuté avec lui, je n'osais ni l'encourager ni la dissuader de se lancer dans ce qui pour elle serait une certaine forme d'aventure.

La conversation fut assez longue et je sentais qu'il y avait vraiment une volonté de sa part de changer de comportement à un moment où disait elle le couple partait à la dérive.

Elle me donnait l'impression d'être plus simple, moins distante.

« Il me reste six mois pour m'organiser et me préparer, dit elle, est ce suffisant ? » Je lui répondais bien évidemment que oui.

Elle me fit alors comprendre que John n'était pas au courant de sa démarche en me précisant :

« Il risque d'être surpris de ma décision mais il me reproche et, de plus en plus fréquemment, de ne pas avoir d'activités. – Sous entendues activités sportives et si possible nautiques. –

Il tourne en dérision les séances de remise en forme que je m'évertue à suivre sans conviction chaque fois qu'il me devient difficile de rentrer dans un jean que j'ai porté vingt fois sans problème.

Il va être d'autant plus surpris qu'il répète assez à mes amies qui « s'étonnent » les garces ! de le voir partir en célibataire ; « c'est dur, il faut être en forme physiquement et accepter une vie en communauté pas toujours évidente pour une femme ».

Je la sécurisais le plus possible sur ces deux points, mais je me rendais vite compte qu'elle s'était déjà établi un programme qui allait faire bondir de joie son mari.

J'apprenais ainsi qu'à partir de la semaine qui suivait cette conversation, le pauvre John irait manger le plus souvent possible chez sa mère — régime oblige — et qu'il garderait les enfants le samedi pendant ses séances de natation « ça peut couler » insistait-elle « et on est plus loin de la cote qu'avec un dériveur »

Elle allait enfin se faire offrir une panoplie complète d'haltères et un rameur pour la musculation, elle ne voulait pas disait-elle être trop dépendante des hommes pour les manœuvres.

Je lui expliquais, mais en vain, qu'il ne fallait pas tomber dans l'excès, et qu'un voilier moderne n'avait rien d'une galère.

Dernier point important : elle voulait savoir comment on pouvait vivre proprement sur une si petite surface, avec si peu d'eau qui plus est de l'eau froide. Je n'insistais pas trop sur le « proprement » en repensant à l'odeur de fauve qui empestait certaines cabines après trois ou quatre jours de navigation.

Elle semblait avoir fait le tour du problème et me remercia de ne pas l'avoir découragée ; elle me dit qu'elle reprendrait contact dans quelque temps et qu'elle espérait bien naviguer avec moi l'été prochain.

Je n'osais pas imaginer la tête de son mari quand il lui faudrait annoncer aux autres que cette année, sa femme serait du voyage.

C'est John qui m'appela une semaine plus tard. Il n'était pas au courant de la conversation que j'avais eue avec sa femme et ne savait pas très bien comment m'expliquer ce qui lui arrivait.

Il était à la fois heureux et inquiet, conscient que si l'expérience échouait la rupture risquait d'être totale.

« Sa décision est prise, mais elle se pose encore beaucoup de questions, me dit-il. Elle se remémore les récits que nous faisions à nos retours de croisière, des récits à la dégoûter de la mer, de la voile et des poissons. »

C'était au tout début de leur mariage, quand les copains, tous célibataires et qui n'appréciaient pas spécialement Béatrice, cherchaient à la cantonner dans le rôle de la femme d'intérieur plutôt que dans celui de Florence Arthaud en espérant ainsi récupérer John qui était devenu beaucoup moins disponible.

Il allait lui falloir du courage pour poser une première fois son sac à bord, et je fis comprendre à John que je préférerais que cette première fois se passe ailleurs qu'à mon bord.

Il en était conscient et préférait aussi que l'expérience se fasse avec des inconnus plutôt qu'avec les vieux copains.

Je ne savais toujours pas s'il avait vraiment envie de la voir embarquer, ou s'il voulait l'en dégoûter à jamais pour partir seul, la conscience tranquille, pour un tour du monde.

Je lui conseillais vivement de faire appel à des amis, pratiquant la voile en couple. Seules ces femmes seraient capables de convaincre la sienne au cours d'une soirée « salon ».

Je lui rappelais qu'il fallait éviter ceux qui font de la croisière dite « sportive » même si la définition en est peu précise, le mot rend parfois les nouvelles embarquées un peu nerveuses.

La croisière « cool » est plus sécurisante, bien que cela ne change pas grand-chose dans un coup de mistral entre Corse et continent.

L'objectif étant de convaincre Béatrice que tout est beau et agréable sur un voilier, le choix du couple à inviter était délicat.

Dans ce choix dis-je, l'homme n'est pas très important puisque la femme ne tient pas compte de ses avis, il suffit de le supporter le temps d'une soirée.

La femme par contre est déterminante dans la décision finale, en considérant que Béatrice va devoir s'identifier à cette femme.

En particulier, elle doit être du même âge ou légèrement plus âgée que Béatrice. Vis-à-vis d'une gamine, elle pourrait complexer et imaginer que ce sport est réservé aux jeunes.

Une trop vieille, bourrée d'arthrose et passablement fripée pourrait lui laisser penser que cette activité tend à générer un vieillissement précoce ce qui là encore serait négatif.

Nous en avons convenu, il n'était pas facile de trouver un couple, car il devait s'agir d'un couple et non de pièces rapportées et assemblées au cours des croisières, capable de faire valoir les bienfaits et plaisirs de la voile.

SOIRÉE DÉCOUVERTE

Après avoir cherché en vain dans son entourage, John trouva un couple par l'intermédiaire d'amis éloignés, qui l'assurèrent qu'il devait correspondre au profil défini.

L'homme Bernard, est bronzé, mince, d'allure sportive, élégant même, très à l'aise mais discret. Il semble plus attaché aux alcools qu'à la conversation.

Elle, petite, un peu ronde, frisée comme un mouton, trop maquillée dans une robe noire au décolleté profond et flasque, est plutôt insignifiante à côté de lui, et paraît plus âgée.

Béatrice les a confortablement installés au salon devant le magnétoscope. La femme avait insisté sur ce détail, « c'est indispensable et tellement moins ringard que des photos » avait-elle précisé.

Béatrice écoute depuis trois heures maintenant cette femme qui se fait appeler Eva, la tutoie, postillonne et roucoule pour dire des choses insignifiantes en ponctuant toutes ses phrases de « Ma Chère ».

Chacun espère être enfin arrivé à la conclusion de cette soirée quand Eva, les yeux clos et les bras en croix lance : « je suis toujours bouleversée, ma chère, par cette ambiance à bord ; mes retours après deux semaines en mer sont épouvantables. Comme je le dis souvent à Bernard dans ces moments pénibles, vendons, vendons tout, achetons un vieux boutre et vivons l'aventure ! »

Son mari qui s'était assoupi, reprend ses esprits et hoche la tête pour confirmer les dires de sa femme.

Béatrice qui commence à fatiguer ne relève pas ; il est presque deux heures du matin. C'est la dixième bande vidéo, sans compter les retours arrière et les arrêts sur image ; le bar est à sec et elle a un mal de tête à consulter un spécialiste quand enfin ils décrochent. !

« Merci et à très bientôt… »

Béatrice tente de remettre un peu d'ordre dans la pièce et dans sa tête ; il y a quelques détails qui ne la sécurisent pas vraiment. Par exemple, le fait que cette femme n'ait pas fermé l'œil pendant deux semaines et qu'elle ait été malade « comme une bête » au point de passer des heures aux toilettes.

Il est vrai qu'ils ont expliqué, avec beaucoup de détails, qu'elle n'a pas toujours bien compris, qu'il s'agissait d'un accident qui n'arrive pratiquement jamais.

« La batterie de service ne tenait pas la charge et il a fallu faire tourner le moteur jour et nuit pour avoir quelques boissons fraîches et sauver la viande et les produits frais ».

Cela n'avait apparemment pas suffit si l'on se réfère aux heures passées dans les toilettes !

Mais il y avait aussi une fuite de fuel dans les fonds et cela puait au point de les rendre malade.

Malade du haut, malade du bas, c'est quand même pas terrible pense Béatrice…

Chose plus intéressante, elle dit avoir perdu cinq kilos. Cinq kilos perdus en deux semaines de croisière – ou elle était très grosse, ou elle a tout repris la pauvre ! –

« Même pas deux semaines si j'enlève le premier et le dernier jour à terre, précise-t-elle, à la maison il me faut trois mois et encore »

Béatrice aimerait bien perdre cinq kilos en trois mois, il faudra qu'elle lui demande sa méthode ça peut servir !

Côté poids, c'est pas mal, mais la tête, elle fait un peu froissée et bien dix ans de plus que son mari.

Mais là encore elle a expliqué qu'elle suit un traitement contre les allergies solaires – c'est classique aujourd'hui et ça fait très branché – pense Béatrice.

« En principe, le soleil m'est interdit, mais nous n'avions pas de taud, j'ai pratiquement passé deux semaines en plein soleil. Je n'avais même pas la possibilité de me mettre à l'abri dans les couchettes à cause de l'odeur de fuel, – petite précision, c'est important – mais tout le monde n'était pas malade par exemple mon mari et une amie sont restés des heures dans ces cabines ! »

Couverte de pommade, enveloppée dans un drap comme une Islamique, elle avait quand même trouvé le moyen de griller « je ne pouvais me mettre en maillot que le soir mais il faisait vite frais »

Son mari – qui a l'air de se foutre des allergies de sa femme comme de sa première conquête – est très satisfait de cette croisière, mais on peut oublier, c'est connu les hommes sont toujours satisfaits quand ça se passe hors de la maison.

« Sympa la voile non ! » dit chéri en se dirigeant vers la chambre, baillant à s'en décrocher la mâchoire

J'ai l'impression que c'est gagné, pense-t-il sans attendre la réponse. Elle n'a pas encore fait de réflexions c'est tout bon !

« Oui, je crois et je suis bien décidée à embarquer cette année, mais à une condition… Devine ? Je veux partir avec tes copains et votre skipper ; ils sont si gentils et si compétents, je me sentirai en sécurité. Pourquoi aller prendre des risques avec des inconnus, sur des bateaux pourris ? »

Chéri, qui n'a pas vraiment prévu cette nouvelle situation, reste figé devant la porte de la chambre et en oublie l'heure tardive et sa réunion du lendemain…

Comment va-t-il bien pouvoir expliquer à ces coureurs de pannes que cette année, sa femme a décidé de se joindre à eux !

La déprime hivernale d'un couple dans les années critiques de leur vie, une visite au salon nautique sur des voiliers de rêve boulonnés dans le béton, avec champagne factice – ça se vole – et des fleurs sur la table du carré, quelques revues bien faites, autant d'éléments qui font naître des vocations tardives. Parfois éphémères, mais pas toujours…

LE PARCOURS INITIATIQUE

Le parcours initiatique est un passage obligé et pénible quand on a atteint un certain âge qui vous laisse penser que vous avez tout vu et tout fait.

Je redoutais surtout les problèmes relationnels avec John et ses amis voileux, sachant que ce ne serait pas facile pour lui, mais aussi qu'il me faudrait leur donner une autre image que celle que j'avais pu leur laisser au début de notre mariage.

À cette époque, j'avais tout fait pour casser des relations privilégiées qu'ils entretenaient depuis des années.

J'étais jalouse, je dois l'avouer, de ces hommes et peut-être de ces femmes – mais je n'en ai jamais rien su – qui vivaient des moments de joie intense que je ne partageais pas.

J'avais simplement négligé le fait, mais je l'ignorais alors, que pour atteindre cette forme de bonheur et partager leur joie, il me faudrait réapprendre à vivre. Que l'on ne vit pas sur un voilier comme dans un appartement – même petit –, et que si l'on n'accepte pas de tout remettre à plat. Les choses les plus banales comme les plus secrètes, la vie devient vite impossible.

Mais cet apprentissage se fait naturellement et rapidement. Il suffit en général d'écouter, d'observer et de se laisser guider avec le sourire bien évidemment, ce qui n'est pas toujours évident.

Je souhaite que les chapitres qui suivent vous aident dans vos premiers pas, et vous évitent les erreurs que j'ai pu commettre.

Béatrice

LE SAC

Le sac est toujours le premier souci des nouvelles embarquées. D'une façon générale, le problème prend encore plus d'importance avec l'âge et devient sérieux sur les bateaux à équipage mixte.

En effet, on ne peut pas être plus tarte que sa copine et laisser penser que l'on n'a rien à se mettre sur le dos, même si l'on en est persuadée et si on le répète régulièrement à son Chéri.

Il ne devient un problème pour l'homme que si sa femme l'accompagne et lui propose de s'occuper de tout.

Le skipper a bien insisté et Chéri aussi ; un seul sac par personne et un sac raisonnable ; le mot raisonnable peut toujours être interprété même s'il a donné une liste type que vous allez personnaliser et qui vous semble plus adaptée aux hommes qu'aux femmes.

C'est dire si le choix est difficile, tant pour le sac que pour les vêtements que l'on a au départ l'intention d'emmener.

« On en prend toujours trop et pas toujours les vêtements qui seraient les plus adaptés » répète chéri avec insistance.

On peut considérer qu'il fera chaud. La durée de la croisière est de dix jours, petit détail qui a son importance, Le skipper a laissé entendre que certains soirs, nous relâcherions dans un port avec dîner au restaurant.

Le pire des mots, « restaurant » ! il induit immédiatement un délire de fringues. Chéri a bien dit que le petit bistrot sur le port de Bonifacio n'est pratiquement pas éclairé et qu'un pantalon et un tee-shirt sont bien suffisants et utiles pour ne pas être bouffé par les moustiques. Quant à Girolata, l'accès au restaurant passe d'abord par une équipée en annexe d'où l'on ressort généralement trempé.

Rien n'y fait. Il serait le premier à me faire remarquer que j'aurais pu faire un effort et passerait sa soirée à regarder les estivantes « les vraies » qui elles ont la chance de ne pas avoir de limitation de bagages.

Comme vous êtes une femme organisée, vous posez le problème simplement, de façon très rationnelle en tenant compte qu'il n'y aura pas de possibilité de lavage.

Très important ! Le skipper est sympa mais il fait paraît-il une fixation sur la consommation d'eau, et va jusqu'à fermer les vannes d'un réservoir pour nous faire croire que l'eau est épuisée. La vache !

Donc, au minimum dix hauts, cinq bas, les sous-vêtements, les chaussettes, quatre pulls. Tient, le skipper a dit deux pulls chauds, j'imagine l'odeur après deux semaines, il ne doit pas être très propre sur lui celui-là !

Ne pas oublier les petits effets, deux casquettes, trois foulards de soie, c'est joli et ça ne tient pas de place, trois paires de chaussures, non quatre… Les dorées pour sortir, deux paires de chaussures bateau et une paire pour la marche.

Infatigable, vous suivez votre liste et vous étalez le tout sur la table du séjour qui devient pièce interdite aux enfants.

Votre belle-mère n'en a bien sûr pas voulu avant midi, prétextant qu'elle va avoir ces chers petits pendant deux semaines et qu'il est tout naturel qu'elle garde cette dernière demi-journée pour s'organiser. Comme si vous étiez, « vous », spécialement disponible la veille de votre départ.

Votre liste terminée, vous passez à celle de votre chéri, c'est fou ce qu'elle est courte. Normal, vous avez le nécessaire de couture et la pharmacie du couple, principalement la vôtre, mais dans un couple les remèdes de l'un peuvent servir à l'autre.

C'est à leur liste que l'on voit que les hommes ne sont vraiment pas très délicats. Il le reconnaît du reste volontiers.

« Pourquoi se laver quand on se baigne, et se changer quand au bout d'une semaine le linge propre et le linge sale sont mélangés au fond d'un même sac, dans un coffre qui sent le moisi ».

Quand aux crèmes, une boîte de graisse à traire les vaches lui fait deux ans, même rance !

À sa dernière croisière, quand il est revenu, il était clair que la moitié de ses vêtements n'avait pas été utilisée. Encore qu'une certaine odeur d'eau de toilette pour femme et une photo aperçue laissaient à penser qu'il avait gentiment prêté ses pulls à une minette démunie, minette, qui soit dit en passant, avait plutôt mauvais genre.

Ces considérations faites, elles ont au moins le mérite de vous donner bonne conscience ; il faut bien se rendre à l'évidence, les deux sacs étant identiques, il faudra obligatoirement que chéri prenne une partie de vos effets.

Cela sous entend bien sûr qu'il va falloir faire un tri dans le matériel qu'il avait l'intention d'emmener.

Ces palmes et ce tuba, par exemple, il ne s'en sert jamais, quant à cette canne à pêche, ridicule, il ne prend jamais de poisson et risque de tacher vos pulls avec l'huile du moulinet.

Sa trousse de toilette peut être réduite de moitié, il ne s'en apercevra pas. C'est fou ce que ces bombes de mousse à raser prennent comme place. Ils ont chacun la leur, ils sont maniaques ces hommes ! et quand on leur en fait la réflexion, ils se vexent et nous parlent de nos crèmes de nuit que nous pourrions aussi échanger entre femmes, comme si cela avait un rapport.

Ils n'ont aucune idée de la sensibilité de notre épiderme et du soin que nous mettons à les choisir, pour être justement différente de nos copines.

Reste la combinaison de plongée ; il me répète sans arrêt que l'eau est toujours chaude à cette époque donc je ne vois vraiment pas à quoi elle peut lui servir, surtout sans palmes et sans tuba.

Le résultat attendu arrive, le sac de Chéri est loin d'être plein et en tassant bien ses vêtements au fond avec sa paire de chaussures et ses jumelles japonaises, il sera possible de poser délicatement votre excédent de bagages sur le dessus, et même de rajouter la petite robe en coton pas chère achetée hier.

Il ne restera plus qu'à disposer discrètement les sacs dans l'entrée en restant évasive si Chéri pose des questions et à préparer un petit bagage à mains – c'est bien toléré dans les avions, on peut penser qu'il en va de même sur un voilier – petit mais pas trop quand même, car il vous reviendra bien à l'esprit ce soir quelques idées.

Par exemple, vous emmèneriez bien un ouvrage à tricoter. Oui mais chéri dit toujours que ça fait « rombière » ; pour une première fois, il vaut mieux éviter.

L'ABANDON DES ENFANTS

Le parcours initiatique commence vraiment par l'abandon des enfants.

Encore faut-il trouver à les abandonner, car ces chers petits ne sont pas toujours bien acceptés.

Il y a les amis célibataires ou divorcés. Pour ces deux catégories aucun espoir, ils ont déjà du mal à se prendre en charge alors des enfants… Il vaut mieux éviter !

Les mariés avec enfants ? Cela devient possible, et encore, cela engage à rendre à terme le même service.

Aussi là encore vaut-il mieux bien réfléchir, si vos enfants sont pénibles, ceux des amis sont toujours de véritables calamités.

Alors on hésite, et l'on se retourne naturellement vers la mère ou la belle-mère, qui se fera un plaisir de vous faire remarquer – car c'est vous bien sûr qui devrez négocier – qu'elle avait d'autres projets que celui de garder vos enfants, mais qu'enfin à moins de les mettre à la DASS...

Qu'elle n'a jamais demandé à personne de garder son fils – votre mari – et qu'enfin, quand on fait des enfants et que l'on se dit responsable, la moindre des choses est d'assumer.

Vous pourrez toujours exercer une certaine forme de chantage, en parlant des difficultés actuelles que traverse votre couple, de la nécessité de vous retrouver quelques jours seuls pour refaire le point... Ça marche généralement assez bien.

Les préliminaires réglés, il ne vous reste plus qu'à vous organiser...

Le grand jour est pour demain. Vous avez imaginé, listé tous les accidents et toutes les maladies qui pourraient arriver à vos chers petits. Vous réalisez alors qu'ils ne vous ont jamais quittés plus d'un week-end en six ans, et vous redoutez cette séparation.

La liste établie, vous remplissez deux cartons de sirops, pommades, collyres, gazes, suppositoires... vous videz quasiment la pharmacie familiale. La moitié des vêtements prend le même chemin, sans parler des jouets. Pour les jouets, vous êtes plus stricte, mais vous cédez sur les patins à roulettes et la bicyclette.

La voiture chargée, les recommandations faites, vous arrivez enfin chez belle-maman qui a enlevé tous les bibelots du salon, roulé les tapis, recouvert les canapés et fauteuils de draps... Vous ne reconnaissez plus l'appartement mais vous ne posez aucune question.

Avec une larme à l'œil, vous tentez de lui expliquer ce qu'il y aurait lieu de faire en cas de malheur. Elle vous fait justement remarquer qu'en cas de malheur, elle n'a même pas un numéro de téléphone où vous joindre, ce que vous savez mais préférez oublier.

« Enfin, dit elle, les patins à roulettes et la bicyclette, vous auriez pu vous en dispenser au cinquième étage, en centre ville. Je me demande parfois de qui tient mon fils » Pan ! cette fois c'est pour lui !

« Mais je vous croyais plus sérieuse » Pan ! c'est pour moi.

De gros bisous mouillés de larmes, – les vôtres – c'est tout ce qu'il vous reste à faire avant que belle-maman ne se défoule et vous explique que vous êtes des parents irresponsables.

Vous aimeriez les serrer dans vos bras une dernière fois mais les chers petits préfèrent attraper avec une petite épuisette les poissons exotiques qui tournent affolés dans l'aquarium.

Je crois qu'il est préférable de rentrer... Pensez-vous, si je ne veux pas qu'elle me les remette dans la voiture.

« Je dois vous laisser belle-maman car j'ai encore mes sacs à terminer.

— Vous avez le temps, répond-elle, si vous vivez comme ces femmes à moitié nues que j'ai vues à la télévision sur un voilier, il sera vite fait votre sac et dites tout de même à mon fils de me téléphoner de temps en temps, je ne vous le demande pas, vous n'aurez certainement pas le temps ! ».

Vous êtes de plus en plus heureuse de partir, le plus difficile est certainement fait. Le moral est bon, les relations avec votre mari se sont améliorées de façon sensible, même si vous pensez qu'il aurait pu se charger des négociations avec sa mère…

Le jour « J » est arrivé, vous n'imaginez pas un instant que votre mari a dû négocier pendant des jours votre embarquement. Au contraire, a-t-il dit, ils sont très sympas tu sais et emballés de savoir que tu n'as pas renoncé au dernier moment, oui, vraiment ils sont très surpris !

Vous êtes rassurée, vous lui promettez d'être à la hauteur, discrète mais efficace !

Chéri aurait tendance à vous recommander d'être plus discrète qu'efficace, il a toujours douté de vos capacités, ce n'est pas maintenant qu'il va changer !

Dernier inventaire avant le départ, les sacs sont dans la voiture, c'est curieux, il ne vous a pas posé de questions sur leur contenu. Les enfants chez sa mère, elle ne les a pas ramenés, quelques coups de fil aux copines pour leur dire au revoir et les faire baver.

C'est parfait. Ah ! le carnet d'adresses c'est un détail mais pour une fois que vous faites quelque chose d'original, autant le faire savoir.

PREMIER CONTACT

Un sourire étudié, l'allure dégagée quand vous enjambez les filières, le jean un peu crad mais pas trop, le pull marin moulant et drapé – celui du mari ou d'un copain – que vous avez fait bouillir comme un pot au feu, le maquillage discret mais bronzant et une paire de tennis délavée, c'est un bon point, surtout si vous n'avez encore rien dit.

Le look et les premiers mots sont en effet déterminants, car ils vont vous classer immédiatement dans une catégorie : « les emmerdeuses, les chochottes pomponnées, les pétasses grandes gueule, etc. » qui risque de vous coller à la peau pendant les heures et les jours à venir.

Ils sont là bien sûr et ils vous regardent, que dis-je, ils vous guettent.

Le skipper, Lagaffe, le Poète, Bavard, même votre Chéri, pas un ne vous aide à passer votre sac que vous avez volontairement choisi discret – trop peut-être ! – ils ne doivent pas le voir quand il prend un malin plaisir à rester coincé sur un chandelier.

L'examen de passage du quai au pont est terrible.

Malheur à celle qui avec un grand « salut les potes » se prend les pieds chaussés de grosses pompes noires « dernière mode » dans un taquet, arrive avec trois sacs en criant « j'en ai encore deux dans la tire » glisse sur une écoute qui traîne, se raccroche à la bôme et tombe dans les bras du skipper avec un « c'est con ces voiliers y'a rien de plat pour poser ses pompes ».

Classé ! Confirmé ! Encore une pétasse à surveiller.

Et pourtant, si un mec fait la même chose il s'en tire avec un « merde » je dois encore être bourré ! Simple non, mai pas facile à dire pour une fille, au moins le premier jour, car les progrès vont vite.

De toute façon, pas question dans ces moments-là de compter sur votre bonhomme, il n'existe plus, il est déjà en train de bourrer de coups de poings amicaux ses vieux potes.

Débrouillez-vous seules les filles… « C'est à toi cette chose ? » semblent lui dire ses copains, et vous aurez fait le bon choix s'il ne vous enfonce pas un peu plus avec un « alors ma biquette, c'est pour aujourd'hui ou pour demain ? On dirait ta mère quand elle rentre du marché ».

Quand enfin vous arrivez en traînant votre sac et le sien – le plus lourd – avec certainement deux ou trois bleus sur les cuisses et les tibias qui ne manqueront pas de virer au vert sur votre peau blanche, on vous présente rapidement comme une pièce rapportée du style « vous connaissez Béatrice, c'est son premier embarquement, elle a insisté pour venir » – le pourri –. « Vous verrez, elle n'est pas chiante et pour la bouffe c'est une reine ! » C'est gentil mais pas convaincant.

Merci salaud ! Il ne dira jamais qu'il vous a tannée pendant des semaines, en particulier dans les moments où vous doutiez encore, quand votre mère vous faisait gentiment remarquer qu'un original dans la famille c'était bien suffisant.

Il vous a convaincu que vous aviez votre place à bord, il a juste oublié de vous dire laquelle, qu'une femme est toujours bien acceptée surtout si elle est agréable à regarder à l'exemple d'une certaine Laurence dont ils parlent encore, embarquée dans un port, une petite garce pas farouche qui a dû être plus souvent dans les cabines que sur le pont, qui en deux jours manœuvrait comme un vieux loup de mer, manipulait la règle de Cras comme une pro et a fait l'admiration de tous.

Passé ce premier et délicat contact avec le bord, vous auriez tendance à vous retirer dans une cabine, ranger vos petites affaires et attendre. Mais là, bonjour les dégâts ! Croyez-moi, il vaut mieux contrôler la situation si vous ne voulez pas vous faire tailler un ciré tout neuf.

C'est pour vous le moment de reprendre la situation en mains et le meilleur moyen reste la surprise.

« Dites les gars, j'ai la langue épaisse, vous n'avez rien à boire ? »

Je sais, se taper un grand blanc et des maquereaux à neuf heures du matin vous change du café Canderel que vous prenez généralement avec vos copines. Mais il faut ce qu'il faut et si vous arrivez encore les dents serrées, à leur dire que leur blanc est un peu léger, vous auriez fait un bon bout du chemin qui mène à l'intégration.

Votre bonhomme, les yeux ronds, l'air surpris mais fier de cette découverte, ne manquera pas de s'écrier :

« Vous voyez les gars c'est une bonne ». Bonne à quoi ? Vous pouvez toujours rêver !

Tout n'est pas gagné et il faudra jouer serré pour confirmer votre avantage.

LA CABINE

Vos sacs toujours sur le pont, le choix de la cabine est le premier vrai problème que vous allez avoir à résoudre.

Bien sûr, vous ne connaissez rien à rien et vous allez devoir faire confiance aux autres. Observez bien, cela commence à devenir intéressant.

Le skipper ne prend pas part à la discussion, par contre certains trouvent le sujet intéressant, vous, en l'occurrence.

Les propositions fusent, toutes contradictoires, et après un certain temps, vous vous demandez si vous n'auriez pas intérêt à dormir sur le pont.

Petit détail, votre chéri comme le skipper donne l'air de ne pas être concerné, car le choix que « vous » allez faire est d'importance et déterminant pour les nuits à venir et votre humeur du lendemain…

Il y a les partisans de la pointe avant, et ceux des cabines arrière, et vous si vous proposez bêtement de dormir dans le carré, vous passez vraiment pour la gourde.

Bien entendu, le carré est réservé au skipper qui a toutes les bonnes raisons « sécurité » pour monopoliser cette couchette.

Vous comprendrez le lendemain qu'il a, en fait, le meilleur des couchages du bord quand, table abaissée, il dispose d'un lit deux places, un vrai ! Sans bruit de moteur, chocs à la vague ou ragage de chaîne sur l'étrave.

Comme vous ne vous décidez pas, les plaisanteries commencent à fuser, toujours très délicates, du genre « on peut la jouer aux cartes le soir », très intelligent, surtout quand votre bonhomme rit bêtement et laisse entendre que vous avez la santé et du tempérament.

Comme Il faut se décider, les avantages techniques prennent le pas sur les considérations de confort.

Tout un chacun assure qu'un cabinet de toilette attenant à la cabine est doublement utile, je passe sur les détails très fins, – mais on reste calme – que la porte ferme et donc par là que vos ébats n'en seront que plus discrets. Merci ça fait toujours plaisir, qu'a-t-il bien pu raconter l'idiot ? C'est fou ce que sans son mec on serait bien sur ce voilier !

Vous croyez alors pouvoir vous installer et déballer vos cirés, pulls, petites culottes, tampons périodiques, crèmes, appareil d'épilation, enfin tout ce qu'une femme promène discrètement en vacances quand elle descend à l'hôtel.

Seulement voilà, la discrétion sur un voilier on connaît peu et chacun de commenter, conseiller, inventorier.

« Tiens, tu n'as que six culottes ? tu n'as pas fini de laver, tu sais à bord, il y a peu d'eau et ça sèche très mal. Tu ne portes pas de soutifs ? on l'avait parié, » Vous ne saurez jamais sur quels critères et cela est peut-être préférable !

Pendant ce temps, Chéri a disparu. Il s'est plongé dans la traduction d'un document en anglais sur le dernier-né des GPS, un appareil indispensable dont vous ignoriez l'existence il y a une heure.

Vous avez installé tous vos effets dans le seul coffre disponible et dans un petit placard sur la façade duquel un miroir gras et taché vous renvoie difficilement une partie de votre visage.

Chacun connaît la forme et la couleur de vos slips, la marque de vos tampons, mais votre couchette accueillante vous laisse imaginer que vous pourrez toujours vous allonger si un coup de fatigue venait à vous prendre.

Erreur, c'est le moment que choisit un équipier pour venir déposer deux bouteilles de plongée et un tourmentin humide sur votre duvet, en vous demandant gentiment de bien les ranger dans le coffre que vous veniez de vous accaparer « c'est le plus accessible tu sais » bien sûr que vous savez !

C'est bien pour cela que vous l'aviez choisi. Comme vous semblez hésiter à le libérer, il vous persuade, « c'est quand même plus important que tes bouts de chiffon ».

Merci ! Vous vous effacez pour le laisser ranger le matériel, mais il vous pétrit l'épaule avec un « je te laisse faire ma grande, tu es taillée pour », le tout accompagné d'une claque sur les fesses, délicat non ?

De toute façon, vous n'avez pas le choix, la traduction, très discutée de votre chéri, l'a rendu sourd à vos appels à l'aide.

Vous vous rendez discrètement sur le pont, personne ne vous demande si ça va ou si vous avez besoin de quelque chose ; on ne peut pas dire qu'ils soient très prévenants, vous vous demandez même si vous existez encore et vous hésitez à redescendre sur le quai. Ils seraient capables de vous oublier !

Même Chéri semble ne plus se souvenir que contrairement à l'habitude, vous faites partie du voyage. « Je m'occuperai de toi plus tard, dit-il simplement, j'ai pas mal à faire, on va partir »

Tout est clair, du moins pour eux, et vous écoutez un peu anxieuse les commentaires du skipper sur la météo.

Il semble se réveiller celui-là et heureux. « On risque d'en prendre plein la gueule et il y en a qui vont gerber »

La première partie, on comprend, la seconde vous ne voyez pas exactement de quoi il veut parler, mais vous avez l'impression que c'est à vous qu'il pense.

« Tu as pris ta pilule ? » vous demande-t-il aussitôt. Gonflé le mec ! En quoi ça le regarde, et comme vous ne répondez pas, il insiste et précise enfin qu'il s'agit du mal de mer. Ouf ! Je préfère, la vie en communauté a des limites.

Prudente, vous écoutez. Navigation, destination. La destination, on peut avoir oublié de vous la donner, mais de toute façon, Chéri vous a déjà expliqué qu'en Méditerranée ce n'est pas très important car il est bien rare de faire le lendemain ce que l'on a programmé la veille.

La seule chose que vous retenez, oh combien intéressante, c'est que vous allez embarquer une équipière le lendemain.

L'union fait la force, pensez-vous « encore un proverbe pas toujours vérifié quand il s'agit de femmes à bord » se plaît à dire le skipper

Dans ce moment grave où tout un chacun parle plus qu'il n'écoute, ne posez surtout pas de questions, elles seraient très mal venues.

En particulier évitez celles du genre « voulez-vous pour vous avancer que je gonfle les brassières ? ».

Vous devriez savoir qu'on ne gonfle pas les brassières et que posée comme cela, le skipper sent ses compétences mises en doute, ce qui peut le rendre légèrement agressif vis-à-vis de vous.

L'autre question à ne pas poser est : « dans combien de temps va-t-on se baigner ? » car on n'est pas là pour se baigner mais pour bouffer des écoutes.

La baignade, c'est pour plus tard, en général quand il n'y a plus de soleil, le soir à la fraîche.

Votre Chéri vous avait bien avertie : « tu verras tu n'auras à t'occuper de rien » mais à ce stade, vous vous demandez même comment vous allez vous occuper.

Enfin, et surtout, évitez le « qu'est ce que je peux faire pour vous les gars » si vous ne voulez pas entendre quelques propositions à faire rougir un légionnaire.

Vous devez savoir qu'une femme à bord d'un bateau de mecs ne peut pas aider, elle gêne, au moins les premiers jours.

Vous ne serez jamais assise sur le bon bord ou à la bonne place dans les virements de bord, vous serez toujours assise sur l'écoute de grand voile que chacun connaît sauf vous, vous serez toujours calée contre le roof, devant les instruments, ce qui gêne le barreur, votre Chéri par exemple qui passera à contre sur un bord de près serré et se fera injurier par le skipper.

Bonjour l'ambiance, la voile ça vous détend ! – Petit détail me direz-vous – on n'est pas en régate que je sache et…

Eh bien si ! on est toujours en régate sur un voilier et pour vous en convaincre vous n'aurez qu'à regarder la gueule que tire le skipper quand un petit malin vient à le passer ou quand un équipier tourne un winch à l'envers sur un virement de bord.

LES TOILETTES

Le skipper, le ton grave, vous a expliqué l'art et la manière de faire son pipi et le reste, encore que, a-t-il ajouté sans rire, les deux choses se traitent de façon différente.

Comme vous tentez de lui faire comprendre qu'à votre âge vous avez déjà une certaine expérience de la chose, pas d'incontinence ni de couches culottes, il vous a foudroyée du regard en précisant que la mauvaise utilisation des toilettes pouvait avoir des conséquences graves et même faire couler le bâtiment.

Début d'une démonstration rapide, ponctuée d'ouverture des vannes, fermeture des vannes, clapet ouvert, clapet fermé, on pompe bien droit, papier juste ce qu'il faut pas plus et encore… « Les tampons périodiques je ne t'en parle même pas.. » En concluant par un détail : « celui qui bouche débouche. »

J'ai bien le temps de voir, pensez-vous et Chéri m'expliquera. Erreur !

Vous avez bien entendu « vannes fermées, finie la pompe » juste avant de quitter le port, mais vous n'avez pas spécialement prêté attention à cette petite phrase perdue au milieu des « avant largué, pendille au fond » etc.

Vous êtes assise, calée contre le balcon arrière de façon à ne pas gêner, quand à la sortie du port, pipi ! Vous n'aviez aucune envie dix minutes avant quand tout était possible, mais voilà que maintenant l'émotion du premier départ, le froid aux pieds, les litres d'eau que vous avez bue, car il faut boire abondamment sur un bateau, cette eau fameuse qui permet d'éliminer...

Cela devient urgent, redescendre aux toilettes, vous en avez déjà le cœur au bord des lèvres. Ces vannes que vous n'avez encore jamais ouvertes ou fermées, dans quel sens, combien ?

Ce n'est pas la peine de demander à Chéri, il vous répondra comme en voiture que c'est avant que l'on doit y penser ! Et puis ce ciré qui vous monte sous les seins.

C'est terrible, vous ne pensez plus qu'à cela et quand vous tentez d'oublier, les cuisses bien serrées – ça aide à tenir – vous voyez défiler des mecs, les uns après les autres, qui sans s'arrêter de parler, leur instrument à la main, ignorant votre présence au risque de vous doucher – mais le vent vous est favorable – balancent par-dessus bord leur excès de vin blanc, se reboutonnent et reprennent tranquillement leur place.

C'est dans ces moments-là que vous doutez de l'égalité des sexes !

Surtout n'en parlez pas aux mecs, ils vous sortiraient l'histoire de la grande Léa qui, assise sur le balcon avant, arrosait les dauphins. Une bonne ! Celle-là.

Alors pour oublier, vous tentez de prendre part à la conversation.

Difficile des histoires de voileux et des histoires de fesses qui vous mettent mal à l'aise. Si au moins vous étiez deux femmes à bord, ce serait plus facile.

Vous avez l'impression qu'ils vous testent et veulent savoir combien de temps vous tiendrez.

Ils appellent ça, définir le potentiel et les limites psy d'une équipière, vous avez l'impression que le système est bien rodé, c'est là qu'il ne faut pas craquer, s'accrocher !

Mais attention, restez discrète pas de questions qui pourraient faire croire que vous ne pensez qu'à cela mais pas l'air dégoutté du genre « bégueule ».

Le meilleur dans cette situation, consiste à avoir un livre et à faire semblant de lire, car la discussion vous intéresse.

Elle vous intéresse d'autant plus que la croisière qu'ils prennent plaisir à commenter est la dernière à laquelle a participé votre Chéri. Alors, cool n'oubliez pas de tourner une page de temps à autre et écoutez discrètement.

Chéri semble de plus en plus gêné ; il aurait préféré que ses copains parlent d'autre chose et même si lui sait qu'il ne s'agit que d'un jeu, il n'est pas sûr que vous appréciez beaucoup ce genre de plaisanterie.

En effet, ils prennent un malin plaisir à vanter ses exploits imaginaires. Le tombeur de ces dames, c'est lui, l'étalon de service, encore lui.

Comme vous ne réagissez pas, l'un deux lance à votre intention : « il ne faut pas être jalouse, tu sais à bord, ce n'est pas comme à terre ».

Ils doivent faire ça avec une plume de mouette pensez-vous.

« Tu sais, la croisière terminée on oublie tout et on arrange un peu l'histoire. »

C'est ça mon pourri, on oublie même sa femme qui elle imagine que vous faites du sport, du vrai, celui qui développe le corps et l'esprit.

Vous demeurez de marbre, vous souriez même tout en lançant un regard assassin à votre Chéri qui aura du mal à vous donner une deuxième version revue et corrigée de cette croisière « très triste » avait-il dit en rentrant.

Le skipper qui n'en perd pas une miette mais qui n'a jamais pris la parole sent monter la pression et décide d'arrêter là le jeu ; « je vais aller pomper un coup » dit il marquant ainsi la fin de la partie tout en informant l'équipage que de ce côté là tout va bien pour lui.

La discrétion et la dentelle ne sont pas la spécialité du bord pensez-vous justement.

C'est l'occasion rêvée que vous n'espériez pas et l'air un peu coquin vous lui dites avec un grand sourire « j'irais bien pomper avec toi » ouf ! Ça fait du bien, ça dégage l'esprit.

On vous ouvre les vannes au propre et au figuré, on pomperait pour vous. Non merci ! Ça, je peux encore le faire toute seule.

RECETTES ET CUISINE

Si vous êtes la seule femme à bord surtout n'y touchez pas car la cuisine est souvent le domaine des hommes.

Aussi surprenant que cela puisse être, des hommes qui ne touchent pas une casserole de l'année chez eux, se prennent pour des petits Bocuse à bord. Se prennent, car les résultats ne sont pas toujours à la hauteur de leurs ambitions.

Le fait est qu'il m'est arrivé de dire sans plaisanter à la femme d'un équipier que son mari était un vrai cordon bleu, pour l'entendre s'écrier « la dernière fois qu'il a touché aux fourneaux remonte à mon accouchement et notre fille a vingt ans ».

Surprise ! surprise ! il faut pourtant reconnaître que si la carte est limitée, certaines recettes qui reviennent régulièrement sont mangeables et même assez bonnes.

Encore faut-il faire la part de l'ambiance, de l'appétit aiguisé par les embruns et de la gentillesse des équipiers qui évitent les critiques pour ne pas en subir à leur tour. Car c'est un principe, tout équipier doit être capable de faire sa part de cuisine, heureuse ou malheureuse !

Mais pour en revenir à vous, évitez de vous précipiter sur le réchaud en criant « je vais vous mijoter un de ces petits sautés d'agneau. » Non, il est préférable de commencer par observer. Prenez plutôt le temps de vous familiariser avec la cuisine et les ingrédients.

Allumer le gaz n'est déjà pas une mince affaire, si vous ne savez pas qu'un dispositif de sécurité existe.

Vous aurez tôt fait de passer une boîte d'allumettes, – en général la dernière – sans résultats et vous devrez, après avoir bien hésité et avoir négligemment demandé s'il y a encore un peu de gaz dans la bouteille, faire appel à un équipier grincheux.

Il vous montrera, sans vous montrer, qu'il n'y a vraiment pas de mystère dans ce réchaud qui est comme tous les réchauds.

Après vous être entraîné avec le briquet de votre bonhomme qui sera ravi de constater que vous l'avez vidé, il ne vous restera plus qu'à vous faire faire un pansement sur la brûlure que vous avez au doigt.

Ce grand pas étant fait, il vous faudra mémoriser la place des différentes épices – il y en a souvent plus sur un voilier que dans une cuisine traditionnelle – et des casseroles, poêles et autres ustensiles qui sont en principe toujours dans les mêmes équipés ou coffres, ce qui est évident pour les autres mais pas pour vous.

Si par hasard vous aviez un trou de mémoire, vous vous retrouveriez vite bloquée en train de fouiller tous les coffres pendant que votre beurre brûle gentiment et que le skipper, alerté par l'odeur, vous lance un « si tu ne sais pas où est le sel, j'espère que tu as repéré l'extincteur ».

Non, laissez faire les hommes, ils aiment et si le skipper vous propose de faire la sauce de salade, méfiez-vous, c'est un test.

Il faut savoir qu'il existe des concours de sauces, et vous aurez naturellement tendance à faire une sauce ordinaire.

Erreur, dans la sauce de salade bateau, il faut se distinguer.

Vous aurez le choix entre une salade d'oignons et d'ail et six épices à la salade verte, – on peut en mettre un peu – qui écarte mouches et moustiques pendant vingt-quatre heures, ou les brûlures d'estomac d'une sauce aux quatre vinaigres et citron, capable de déboucher les WC les plus obstrués. – Dans ce cas on ne retrouve plus la salade ! –

Ne soyez pas surprise par les recettes du bord, elles sont souvent très différentes de celles qui portent le même nom à terre.

L'imagination débordante de nos marins, chefs de cuisine, n'a pas de limites.

Évitez par exemple de leur expliquer la différence entre un roux et une sauce blanche car pour eux, il faut toujours faire brûler le beurre, ce que l'on peut rajouter est sans importance.

Bien souvent la recette est fonction des restes, des épices et des boîtes disponibles.

Le résultat pourra vous étendre pliée en deux sur votre couchette mais gardez le sourire.

« C'était vraiment super ton poisson à la viande hachée et aux nouilles, vraiment tu sais, je n'avais jamais mangé un plat comme celui-ci, tu l'as certainement déniché aux Antilles ou au Sénégal »

Si vous avez encore envie de le flatter, vous pourrez toujours rajouter « je vais certainement le refaire la semaine prochaine ; je dois inviter des bonnes copines à déjeuner ». Il y a toujours des amies auxquelles on ne tient pas beaucoup.

Chéri, lui, sera gêné dans cette situation car bien sûr il fait partie de ces quatre-vingt-dix pour cent d'hommes qui ne savent pas faire un œuf au plat.

Pourtant, sa réputation à bord n'est pas mauvaise et il devra sous la pression des équipiers refaire ses fameux petits plats si appréciés dans les croisières précédentes.

Restez calme quand vous découvrirez que ses compétences sont bien au-dessus de ses réalisations « at home » et qu'en fait, il a toujours joué les incompétents pour éviter de se retrouver de corvée quand pour une raison ou une autre vous vous absentez vingt-quatre heures.

Au contraire flattez-le et au besoin lancez une invitation à l'équipage en leur expliquant qu'à la maison il est encore bien meilleur, que sa timidité le handicape pour développer ce don qu'il a découvert sur le tard.

D'une façon plus générale, évitez tout ce qui nécessite des manipulations un peu délicates telles que le four, la bouteille de gaz étant toujours vide à mi-cuisson l'équipage devient nerveux quand il faut la changer de nuit, au fond d'un coffre inaccessible et si vous leur annoncez avec le sourire qu'il faudra bien attendre une heure de plus pour passer à table, vous perdrez d'un coup une grande partie de l'estime qu'il vous avait accordée.

À éviter aussi les plats cuisinés quand la mer est mauvaise. Quand le skipper vient gentiment vous mettre le réchaud sur cardan c'est mauvais signe ; vous découvrirez alors que certaines lois de physique que vous avez toujours vérifiées à terre peuvent être partiellement remises en cause en mer.

Le problème de la taille des poêles et casseroles se posera de même, le principe étant qu'il ne peut tenir sur un réchaud marin qu'une grande poêle ou casserole et une petite. Vous devrez donc faire preuve de génie pour préparer une omelette de douze œufs dans la petite poêle, pendant que la cocotte excentrée sur le deuxième feu laissera échapper une odeur de brûlé que chacun s'accordera à trouver très prometteuse.

Enfin, si vous avez vraiment décidé de surprendre le skipper, il existe une recette de spaghettis que je n'ai réalisée que sur les bateaux. Cette recette consiste à faire brûler les pâtes dans de l'huile et à verser dessus ou sur ce qui en reste, une casserole d'eau. Si c'est réussi, c'est très bon et vous aurez certainement un appel du cross, ou une crise cardiaque du skipper.

Forte de ces expériences, vous serez surprise de constater que les goûts culinaires peuvent évoluer rapidement et que Chéri qui est d'un naturel assez délicat, tout le reste de l'année, mange pour ne pas dire avale à bord des plats qu'ils refuseraient de goûter à la maison.

C'est toujours bon à savoir, vous ferez ainsi moins de complexes à l'avenir quand par accident ou manque de motivation, il vous arrivera de louper un plat.

L'INTÉGRATION

L'intégration est la fin du parcours initiatique. L'équipage vous est apparu comme insaisissable et pas toujours comme vous l'auriez rêvé.

Mais tout était cohérent, réfléchi. Vous allez dans les premières heures et les premiers jours « observer ». Or non seulement vous ne participerez peu ou pas à la vie du bord, mais pire vous allez monopoliser votre Chéri.

Il devra être disponible, c'était du reste dans le contrat que vous aviez passé quand vous aviez accepté de l'accompagner, mais il n'avait peut-être pas alors réalisé à quel point vous alliez le coller.

Il devra répondre à tout, que ce soit sur la façon de vous habiller, — vous auriez tendance à favoriser l'élégance au détriment du confort efficace mais ça passe vite – ou sur la nourriture, – On vous a tellement raconté de choses sur la façon d'être ou de ne pas être malade que vous ne savez plus.

Enfin et c'est certainement le plus important, il devra aussi vous sécuriser en particulier quand, à la gîte, tous les équipiers crochètent les harnais.

Il devra vous décoder, traduire des termes incompréhensibles ou des petites phrases anodines qui vous paraissent pleines de sous entendus.

Il restera encore pour quelques jours, la seule personne à qui vous pourrez sans complexes poser toutes les questions qui vous occupent l'esprit et vous gâchent une partie du plaisir.

Une chose est pourtant sûre, c'est que tous feront le maximum pour vous intégrer, mais vous ne le savez pas et ils le feront chacun à leur façon.

Ils n'ont pas l'intention, et le skipper en reparle souvent, de revivre certaines expériences passées, heureusement rares, avec des couples qui n'arrivaient pas à se lâcher, qui prenaient le bord pour une pension de famille, où il suffit d'être poli, de dire bonjour le matin et mener sa petite vie à deux dans son coin.

De ces couples qui se parlent à hauteur des moustaches en se tenant par la main, de ces couples que l'on a constamment l'impression de déranger et qui vous dérangent.

Ils savent que votre intégration et, par là, la récupération de votre mari, passe par une phase de séparation apparente et provisoire. Ce n'est qu'à ce prix que vous, la protégée d'un seul, deviendrez la protégée de tous, pour autant que vous ayez encore besoin de protection.

Lui le sait, et vous pas, et comme il ne vous a pas prévenue, sa position risque de ne pas être très confortable. Il y a les copains et il ne peut passer pour un mari « gaga », réputation oblige. Il y a vous et il doit préserver l'avenir.

Ne vous étonnez pas s'il a l'air absent ou plus occupé avec les autres, s'il ne s'assoit plus systématiquement à côté de vous, mais cède sa place à un équipier avec qui vous étiez en grande conversation un instant avant, s'il n'est plus toujours là lorsque vous êtes un peu anxieuse, mais il vous observe – quand vous aimeriez qu'il vous rassure –.

Les autres équipiers existent et ils se feront un plaisir de compenser ses absences, tout se fera simplement.

Vous ne réaliserez peut-être pas que pour la première fois on vient de vous confier un travail, facile bien sûr mais quand même, vous existez encore.

Vous plongez dans un coffre profond pour en sortir des pare-battages, – ça vous connaissez – bêtement coincés dans des amarres.

Vous paniquez, ils attendent et vont penser que vous êtes la reine des gourdes, « attends ma biche, je vais t'aider, on a toujours des problèmes dans ce coffre ».

Je rêve pensez-vous en reconnaissant la voix de Lagaffe, non vous ne rêvez plus quand Chéri, qui aurait du se trouver à côté de vous pour vous aider lance, énervé, « alors tu te remues, ce n'est pourtant pas très compliqué », le salaud ! Du coup la main posée sur vos reins par hasard devient plus douce et vous trouvez tout naturel de l'encourager et de le remercier d'un sourire charmeur.

En d'autres temps, pensez-vous, il aurait prit une claque ; mais après tout, ils ne sont pas si désagréables que ça, et surtout pas plus rustres que votre mari.

Chéri est là, de moins en moins à l'aise, ne sachant s'il doit encore vous couver ou vous ignorer. Il n'a pas encore réalisé, mais c'est la première fois qu'il est confronté à ce problème, qu'il pourrait y avoir un juste milieu qui conviendrait bien à tout le monde et en particulier au skipper.

Vous avez déjà fait trois fois la vaisselle, cela vous semble normal de compenser vos défaillances aux manœuvres en vous rendant utile pour une tâche où le risque est limité.

Vous plongez sur l'éponge quand le skipper vous l'enlève des mains.

« Tu n'es pas là pour faire la plonge que je sache, mais pour apprendre à manœuvrer. Va donc faire le plein d'eau c'est un début ainsi tu seras au soleil, tu as tout d'un lavabo. »

Vous savez que discrètement un équipier va s'assurer que vous ne confondez pas le réservoir de fuel et le réservoir d'eau, mais cela n'a rien de vexant, moins vexant que le coup du lavabo ! Vous étiez pourtant persuadée que les trois séances d'UV péniblement casées dans votre programme de la dernière semaine allaient vous éviter ce genre de réflexion.

Chéri n'a pas l'air inquiet mais plutôt soulagé. Il a l'impression de ne plus être seul à vous aider dans vos premiers pas.

Il regrette par moment votre indépendance et votre absence quand il a besoin de ses chaussettes et de son pull que vous avez amoureusement rangés au fond d'un sac avec le linge sale. – Il faudra bien qu'il apprenne un jour à ranger ses fringues, je ne vais pas lui servir de femme de ménage toute ma vie –. Tiens, c'est nouveau ça pensez-vous, ça vient de sortir !

Vous vous surprenez à vous proposer pour des tâches qui ne vous ont jamais spécialement attirée, comme recoudre le jean d'un équipier. – À la maison, vous l'auriez discrètement jeté à la poubelle – mais il est si maladroit, le pauvre et il tient tellement à son jean.

Emportée par votre élan de générosité, vous allez jusqu'à presser un vilain bouton sur le dos du skipper qui n'avait rien demandé mais qui se laisse faire.

Alors là, Chéri fait la gueule, trop c'est trop, et il se demande vraiment pourquoi il vous a fait venir, mais pas pour les mêmes raisons que le jour de votre arrivée. « Tu cherches vraiment à me faire passer pour un imbécile ? »

Vous en avez trop fait, et il va falloir vous calmer, ou c'est lui qui va se sentir exclu.

Chacun sait qu'il y aura règlement de compte ce soir dans votre cabine.

« Ne parle pas si fort cela ne regarde pas les autres », tentez-vous de lui dire pour le calmer. Comme si la porte et la mince cloison pouvaient éviter que tout l'équipage ne soit au courant de vos faux problèmes.

Finis les câlins, chacun se roulera dans son duvet et seul un coup de roulis pourra vous rapprocher cette nuit.

Malgré ce petit incident que vous avez inconsciemment ou volontairement cherché, vous vous endormez heureuse. Il n'est pas désagréable d'être le centre de ce petit monde, même si vous savez que la situation est éphémère.

Quant au groupe qui a suivi la scène, pour ne pas dire qui l'a provoquée, il sera encore là demain matin au petit-déjeuner et fera semblant de n'avoir rien entendu.

On vous laissera peut-être vous servir seule votre café et couper votre pain comme chacun le fait, mais on vous demandera aussi d'aller reprendre une amarre ou de larguer la pendille comme chacun le fait.

Vous avez fait et trouvé votre place, et à partir de ce moment-là, personne ne fera plus de différence, vous serez devenue une équipière comme les autres.

CROISIÈRE

Découverte

Pas un bruit, juste un petit clapot le long de la coque, le store tiré adoucit la lumière, la nuit a été calme, un comprimé de Lysenxia, « c'est plus sûr » m'avait recommandé chéri, et je me suis endormie rapidement.

C'était ma première nuit passée à bord au mouillage. J'aimerais me lever mais pour quoi faire ?

Tous les équipiers dorment encore. Attendre ; il n'est pas question pour moi de prendre l'initiative de réveiller ce petit monde.

De temps en temps, un bruit que je cherche à identifier, une barque de pêcheurs qui doit traîner autour de l'île, mais pour le moment, je ne peux qu'imaginer.

Ils font provision de sommeil comme on ferait provision de nourriture. Le skipper a insisté sur ce point « dors et manges quand tu le peux, tu ne sais jamais de quoi l'heure ou la nuit suivante sera faîte ».

Seulement voilà, pour moi qui suis réglée sur la pendule et non sur les éléments, ce n'est pas évident. Alors il faut attendre.

Attendre, c'est une situation qu'il va falloir apprendre à gérer. Attendre la météo, attendre l'heure de l'apéro ou du casse-croûte, attendre le vent, attendre la fin du coup de vent...

Ces hommes impatients qui vivent à cent à l'heure en ville, qui râlent au feu rouge ou derrière la femme qui fait son loto au bureau de tabac, ces hommes qui pestent quand le téléphone sonne toujours occupé, ici ils acceptent d'attendre, on dirait même qu'ils savourent cette attente.

Ils sont totalement différents, comme si le fait de poser les pieds sur un voilier leur donnait l'éternité.

Perdues les références, la notion du temps qui vous file entre les doigts et qui du lever au coucher les transforment en coureurs de fond, l'œil fixé sur la pendule de la voiture, du bureau ou sur la montre, que l'on programme pour sonner toutes les heures avec si possible cinq minutes d'avance pour pouvoir conclure et se dégager d'une réunion pour sauter dans la suivante.

Fini le café pris sur le pouce, froid ou chaud c'est sans importance.

Café préparé par une assistante débordée qui arrive encore à faire quelques effets de toilette, mais pour qui ?

Ils ne remarquent rien, ils arrivent encore à lui demander le matin si ça va, mais sur un ton qui oblige à une réponse positive. – Il ne manquerait plus qu'elle tombe malade ou pire qu'elle annonce qu'elle est enceinte ! –

Ces hommes qui sont tous, du moins l'imaginent-ils, indispensables à leur Société et qui n'acceptent d'embarquer qu'à la condition de pouvoir être joints jour et nuit à bord par téléphone.

Leur nouvelle situation leur fait prendre conscience, une fois par an, qu'il peut y avoir une autre façon d'envisager la vie.

Comme chaque fois, Chéri fera un coup de blues au retour. L'assistante qui, elle, n'a pas pris de vacances mais qui a trouvé un prétexte pour prendre sa journée, – elle ne connaît que trop l'ambiance des retours – aura laissé, bien rangé sur le bureau un lot monstrueux de courrier et listes d'appels déjà dépassés, de rendez-vous à confirmer, qu'il ne regardera même pas…

Le lendemain, elle n'osera même pas demander si la croisière s'est bien passée, elle n'en aura pas le temps et pas le goût, juste un petit compliment sur le bronzage et encore…

Pendant quelques jours, ils imaginent tout vendre, ces hommes, ils vendraient même la femme et les enfants pour sortir de cette vie de con et partir monter un charter aux îles du Cap-Vert, ou tout simplement faire le tour du monde.

Les années sabbatiques ça existe et Chéri peut y prétendre et il y prétendra ! pendant trois jours… C'est généralement le temps nécessaire avant un retour au calme.

Trois jours où il me faudra rester calme en l'écoutant avancer ses arguments et solutionner tous les problèmes.

Le premier jour est le plus facile, on achète le voilier ; douze mètres c'est le minimum mais c'est suffisant pour quatre ; je sais déjà que je fais partie du voyage avec les enfants. Ouf !

On liquide tout, les SICAV, le livret A, la voiture, on vend l'appartement, là, je fais quand même remarquer discrètement qu'il n'est pas encore payé.

La calculatrice chauffe, mais ça passe encore, je n'ai toujours rien dit, on se couche, il rêve, j'ai des cauchemars.

Le lendemain matin, il partira plus tard au bureau, annulera deux rendez-vous à la grande surprise de sa secrétaire qui me téléphonera pour savoir s'il n'est pas malade. « Il n'avait pas l'air dans son assiette ce matin » dira-t-elle ; je la rassure comme je peux.

La scolarité des enfants posait encore problème, hier soir, mais il a réglé l'affaire dans la journée ; les cours par correspondance, il a des adresses et des références. C'est très efficace surtout quand la mère est prête à sacrifier une partie de sa journée aux études de ses petits.

Et puis cela serait pour eux une ouverture sur un monde qu'ils n'auront jamais l'occasion de découvrir autrement. Il regarde trop la télévision ! Le pauvre.

Et ma mère ? J'ai osé en parler dans ce moment difficile.

Ce n'est pas un problème ! Les tarifs des vols charters sont de plus en plus bas, elle pourra toujours nous rejoindre pour quelques jours. – La précision est importante. – J'imagine moi, fille unique, la façon de lui annoncer la nouvelle…

« Tu sais » dit chéri qui revient un peu à des contingences plus matérielles, « pour les impôts, on peut toujours s'arranger avec le fisc. Cela nous permettra de joindre les deux bouts en attendant de retrouver un petit job ».

« On vit pour rien sur un voilier, pas de vêtements ». Horreur ! Je me vois déjà dans un vieux jean taillé en short et un tee-shirt vantant une marque de boisson à base de coca, « pas de sortie on est toujours dehors, juste la nourriture, la pêche, quelques conserves, des biscuits, de la purée et de la farine car on fait son pain ». Rien quoi.

« Tu sais tu retrouveras vite ta ligne et naturellement ». D'autant plus vite pensais-je que je suis allergique au poisson, que mes intestins ne supportent que difficilement les conserves et que les féculents me sont interdits.

« Tu trouveras toujours des petits jobs à ta portée ». Merci ! Ça flatte, « dans un restaurant par exemple » ; pourquoi pas la plonge pensais-je, « le tourisme se développe partout et il cherche des gens comme nous, et puis tu sais coudre, j'ai entendu dire qu'avec une machine à coudre tu peux faire un argent fou en réparant des voiles sur les quais ».

Je sais qu'il lui faudra encore deux ou trois jours avant de classer ce dossier, il partira pour un voyage d'affaire d'une semaine, il en reviendra guéri pour un an, purgé et conscient.

Chéri dort encore, cela devient énervant, ou fait semblant de dormir, c'est pire !

Pourtant le bateau s'éveille et une odeur de café vient me faire frissonner les narines, une musique douce passe à travers la cloison… Il est sympa le skipper ! Pourvu que ça dure.

Je me lève, une crampe dans une épaule, les reins un peu raides, j'abandonne la nuisette pour passer un maillot et un vieux pull de chéri qui m'arrive à mi-cuisse, c'est encore plus suggestif mais je n'y pense pas…

« Bonjour ça va ? » Un grognement me répond, pas un ne parle, à croire qu'ils finissent leur nuit en passant de la position couchée à la position assise.

Je propose au skipper de l'aider mais il me fait comprendre de façon un peu directe que le petit dej c'est son job.

« Va t'asseoir ! Qu'est ce que tu veux boire ? »

C'est en effet par ce biais qu'il maîtrise l'heure du lever. Placé dans le carré, il se lève à son heure et comme il connaît bien l'effet du bruit de la bouilloire sur le subconscient des équipiers il va jusqu'à exercer une certaine forme de chantage.

On se lève et on a un bon café chaud, ou on reste sur sa couchette, on fera son café et le dernier débarrassera la table. Dur ! mais très efficace.

Chéri, qui connaît la règle du jeu me rejoint mais ne semble pas m'avoir remarquée, il est encore plus endormi qu'à la maison. Il n'a pas dit un mot même pas pour râler que le cabinet de toilette est encore occupé.

Il est vrai que le cabinet de toilette... Ici est très secondaire et on ne se bouscule pas pour l'avoir.

Le bavard nous rejoint ; c'est ainsi qu'ils le surnomment, il suffit de lui dire bonjour et c'est parti pour la journée, il a toujours une anecdote à raconter, il peut philosopher, citer des auteurs ou chanter des chansons de corps de garde.

Le plus difficile est de le faire taire, mais il est si triste dans ces moments-là que personne n'ose le faire.

Pour l'instant il raconte sa nuit, ses rêves, pas tristes... Enchaîne avec un problème d'oreiller que personne n'écoute, raconte une histoire salace où il est question d'un petit mousse, en insistant pour l'énième fois sur le fait que dans la marine royale anglaise, après trente jours de mer, la sodomie entre marins n'est plus considérée comme un délit. – C'est toujours intéressant à savoir, difficile à placer dans un salon –. Heureusement pour moi, nous naviguons sous pavillon français et la croisière ne dure que dix jours. Merci mon dieu !

Le skipper lui, n'a encore rien dit, mais il observe, il reste debout, il ne mange pas, enfile un grand bol de café.

Chacun sait que son truc à lui c'est le casse croûte de dix heures, quel que soit l'état de la mer, c'est sacré ! Le maquereau au vin blanc à fait plus d'un malade, des ignorants qui ne savaient pas se tenir et qui gâchaient la marchandise.

Les premiers se lèvent de table, Bavard s'éclipse discrètement pour faire sa toilette, et chacun saura qu'il a terminé quand une odeur de déodorant et de parfum à vous étendre envahira le bateau.

Les derniers encore assis se dépêchent de sortir prendre l'air.

Le petit dej est terminé ! Je me demande si bavard et le skipper ne sont pas de connivence.

Je suis un peu lasse et un peu perdue, ne sachant que faire, mais il n'y a rien à faire sinon à s'asseoir comme les autres sur le pont, à se réveiller lentement et à profiter de l'instant.

J'ai fait un brin de toilette, rangé la cabine et j'aimerais bien me baigner.

Ce n'est malheureusement pas l'endroit rêvé pour nager, tous les voiliers au mouillage ont joyeusement pompé et l'environnement immédiat est jonché de papiers colorés. Seuls les poissons sont à la fête.

Le skipper a décidé, en accord avec l'équipage – bien sûr – de rejoindre le port pour faire les derniers achats, le plein d'eau et embarquer une équipière qui rejoint le bord. Il en fait un mystère ce qui les énerve un peu, il tient bon et ne veut rien dire « vous serez peut-être déçus » précise-t-il.

Il est dix heures quand nous arrivons au quai de passage, il fait déjà très chaud mais je n'ai plus grand-chose à enlever surtout dans un port.

Ils se sont précipités sur le tuyau, le lave-pont, la brosse et la lessive. Cela doit être un rituel, une purification, il l'avait déjà lavé hier, mais ça ne fait rien.

Chéri frotte avec ardeur, c'est dommage qu'il ne fasse pas les parquets et les vitres à la maison avec la même frénésie.

Je comprends vite en regardant nos voisins que la séance de lave-pont n'est pas propre à notre voilier. Pratiquement tous les hommes le font ! Les femmes, elles, se précipitent sur une bassine et lavent comme elles peuvent leur lessive.

Les balcons, les filières deviennent alors autant de cordes à linge et les commentaires vont bon train. « Le petit soutif en dentelle est certainement à la petite blonde » avance Bavard, mais le Poète ne relève pas, elle ne doit pas être son genre…

Bavard se fait plaisir encore un instant et laisse tomber un peu déçu. La culotte de la taille d'un spi, juste à côté du soutif, n'a fait l'objet d'aucune réflexion, étonnant !

Je préfère serrer mon linge sale dans un sac et attendre un jour plus propice et un mouillage plus discret.

Le skipper qui me voit tourner en rond me demande d'aller relever la météo à la capitainerie. Je n'ose pas lui dire que depuis la veille on l'a déjà captée trois fois en VHF et que celle que je vais ramener a toutes les chances d'être identique aux précédentes.

Là encore, il doit s'agir d'un vieux rite, et il n'est pas dans mes intentions de le contrarier sur un sujet aussi important.

Je saute sur l'occasion pour aller découvrir ce port. Je suis vite horrifiée et soulée par la foule qui est littéralement crachée des navettes et qui se précipite en courant vers le centre du village.

Perdue dans ce flot, j'arrive enfin à la capitainerie, devant l'écran météo quand je réalise que je n'ai rien pour écrire.

Le skipper va faire la gueule, c'est certain et Chéri va en remettre une couche, mais je pourrai toujours leur dire que « c'est tout bon pour les deux jours à venir et qu'il n'y a pas d'avis de tempête. »

Je n'ai même pas besoin de le faire, de retour au voilier je remarque qu'ils sont tous sur le pont ; « elle » est arrivée et j'allais louper ça !

THÉRÈSE

« Thérèse » elle s'appelle Thérèse ! « tu ris toujours autant » lui demande Bavard qui ne fait pas dans la dentelle. Elle encaisse et sourit.

Un sac de toile, autant dire, rien, pensais-je, même pas un duvet.

Elle est très nature, pas un brin de maquillage trente ans maximum, rousse, bouclée, un mètre soixante pas belle mais une certaine allure. Le genre de fille qui plaît aux hommes sans pouvoir malheureusement définir ce qui les attire.

« Tu as autre chose » lui demande le skipper « non j'ai pas eu le temps d'en préparer plus, je suis arrivée hier soir. Je taperai dans vos fringues »

Gonflée la fille, elle va faire des ravages ! Je l'envie non pas pour son allure mais pour sa façon d'être, sa décontraction qui, pour moi, frise la provocation.

Elle a l'air de se trouver chez elle, ses gestes sont naturels.

Elle est à l'aise et cela se sent, elle marche sur ce voilier comme moi dans ma cuisine.

Un briquet pendu dans un étui en cuir autour du cou, des bracelets de fils de couleur tressés aux poignets et à la cheville, ce sont certainement là tous ses bijoux.

Un tee-shirt blanc cousu sur elle et un short en jean propre mais pas neuf, c'est simple mais avec un bronzage abricot c'est presque chic.

Je la dévisage, elle ne m'a pas remarquée, quand je réalise que c'est mon Chéri qui ne la connaît soi-disant pas qui s'est précipité pour lui prendre son sac qu'elle avait négligemment jeté sur le pont.

À croire qu'il n'y avait que lui de disponible !

Elle marque un temps d'arrêt en me voyant, mais me sourit, surprise. Elle doit se demander à qui je peux bien appartenir.

Elle donne l'impression d'avoir toujours fait partie de l'équipage. Chéri a intérêt à bien se tenir, pour une fois il sera spectateur !

Le poète ne la quitte pas des yeux, lui qui cherche désespérément une femme pour fonder un foyer, si en plus comme lui, elle était végétarienne…

Parce que le Poète n'est pas un homme ordinaire. Diplômé en biologie, – sa passion – mais reconverti en informatique – il faut bien vivre – il a un visage d'enfant, trente ans, un charme fou, un corps athlétique, c'est le play-boy de l'équipage.

D'une naïveté déconcertante qui peut exaspérer, toujours surpris par le comportement de ses semblables, il n'arrive pas, à son âge, à concilier rêve et réalité.

Les filles lui tombent dans les bras, lui en tombe amoureux, mais elles ne font que passer, à son grand désespoir.

« Descendons arroser ton arrivée » propose le skipper qui sans attendre, connaissant les goûts de chacun remplit les verres.

« Bienvenue à toi », c'est tout ce que je trouve à lui dire, en levant le mien. Elle n'a pas entendu, tant les plaisanteries et questions fusent.

Je reste là, mon verre à la main, avec l'impression d'être une observatrice qui n'aurait même pas été invitée.

C'est peut-être préférable pensais-je si je ne veux pas décrocher le faux-cul d'or de l'année !

Les questions qui portent toutes sur ses derniers jobs et ses traversées étant épuisées pour l'instant, le skipper reprend les choses en main.

« Installe-toi, on t'expliquera le programme plus tard ». Puis se tournant vers Chéri il précise : « Il faut laisser ta place dans la cabine avant, elles coucheront ensemble » ; j'encaisse le « coucheront », il doit avoir un vocabulaire assez limité !

Chéri ne semble pas inconsolable. Je suis tout de même vexée de voir qu'il se passe si facilement de moi.

Thérèse, elle, apprécie son sacrifice et en profite pour lui faire un gros bisou, ce que je trouve un peu déplacé !

Il n'a pas le temps de réagir, j'ai déjà sorti son sac pendant qu'elle installe le sien à ma place

« Ça ne te fait rien ? Je n'aime pas dormir à bâbord » dit elle et de rajouter « il est bien ton sac à viande et il s'ouvre, formidable ! On va être bien là-dessous ».

Ça promet, ce n'est plus un préjugé mais une allergie !

L'heure du repas arrive, je n'ai pas vu passer le temps, les équipiers s'installent et j'ai peut-être eu tort de remettre de l'ordre dans notre cabine.

Thérèse est assise à ma place, elle parle et personne ne réalise que je n'ai qu'une fesse sur le bout de siège restant, qui plus est, vers la cuisine, ce qui signifie que je vais devoir faire le service.

On rit, moi pas tellement, on se donne des nouvelles de gens que je ne connais pas et qu'elle a rencontrés dans des ports dont j'ignore l'existence.

Le repas est long, je regrette hier !

Le skipper a fait un résumé de la situation, la météo est parfaite pour traverser, plein d'eau après le repas, tous les vivres sont à bord et on complétera à Calvi. Départ prévu à vingt heures.

Retour au mouillage, chacun s'occupe, Bavard fait une bonne sieste, le Poète fait une dernière fois l'inventaire de son matériel de plongée, espérant intéresser Thérèse avec des palmes à profil spécial étudiées pour les plongeurs des commandos de la marine…

Mais elle est assez insensible à ce genre d'arguments et lui fait simplement remarquer qu'il lui faudra certainement rajouter quelques plombs à sa ceinture s'il veut avoir la tête sous l'eau.

Le Poète, un peu vexé se retire dans sa cabine.

Le skipper, Lagaffe, le Bavard et Chéri sont partis en annexe rendre visite à un voilier voisin, tout est calme.

Allongée sur le pont, les brides du soutien haut baissées pour éviter les marques, je tente de colorer au maximum ce que je pensais bronzé avant de rencontrer cette fille qui me donne déjà des complexes.

Elle vient justement s'étendre à côté de moi ; le haut, elle ne connaît pas et le bas est si mince que je fais habillée en maillot traditionnel, même en le roulant à la limite de ce que j'estime décent…

« D'où viens-tu ? » me demande-t-elle.

Je lui explique que nous vivons à Lyon, en insistant bien sûr le nous, pour le cas ou elle imaginerait que je ne suis que de passage dans la vie de Chéri !

Je crois comprendre que ce n'est pas exactement la réponse qu'elle attendait et quand je lui confirme qu'à mon âge c'est mon premier embarquement, et que cette fois j'ai décidé de suivre mon bonhomme, j'ai vraiment l'impression qu'elle me prend pour une nouvelle espèce de femme un peu attardée.

« Tu sais, dit-elle après un instant, la voile c'est comme les huîtres ! ».

Je n'avais jamais fait le rapprochement mais pourquoi pas pensais-je.

« Il y a des a priori, certains en ont un dégoût prononcé sans jamais y avoir goûté, d'autres n'en consomment que dans certaines occasions et d'autres enfin y prennent goût au point d'en être gourmands.

Je ne pense pas que tu tombes dans la troisième catégorie, mais c'est bien que tu ne sois pas restée dans la première. »

Merci Thérèse, c'est certainement un signe d'amitié…

Elle m'explique alors que pour elle, tout a commencé quand elle avait dix-sept ans, six mois de secrétariat à Paris, dans un bureau sans fenêtre, aux premières vacances, elle est descendue dans le midi et elle n'est jamais revenue.

Un copain plus âgé rencontré sur le port, deux tréteaux et une planche, ils vendaient, le soir au milieu des noirs qui proposaient des cuirs et des masques, des culbutos fabriqués dans la journée sur la plage.

Ça a marché, tellement bien marché qu'ils ont acheté une vieille coque pourrie de six mètres cinquante qui leur a permis de descendre dans le sud pour passer l'hiver.

Mais le culbuto a ses limites, le copain est parti avec une Allemande en lui laissant le voilier qu'elle a vendu pour embarquer sur un charter.

« Et depuis, que fais-tu ?

— La même chose mais jamais au même endroit et jamais avec les mêmes ou presque. C'est une vie agréable si on ne réfléchit pas trop.

J'ai une malle pour mes affaires d'hiver, quelques bricoles que j'achète aux puces et que je laisse chez un ami artisan du port d'Antibes pendant la saison d'été. »

Pour elle c'est tout naturel, pour moi c'était encore inimaginable il y a une heure.

« Et à terre l'hiver ? demandais-je en espérant un peu voir l'envers du décor, où vis-tu ?

— Sur des bateaux mais sur des traîne-couillons, l'hiver c'est plus confortable, il y en a plein les ports avec un skipper à l'année qui assure l'hivernage. Si on choisit bien, c'est du trois étoiles avec congélateur et bar garni. Bien sûr je bosse un peu pour aider le skipper mais c'est cool et au printemps je repars ».

C'est simple la vie vue comme cela ! Il faudra qu'elle m'en reparle, c'est un peu tard pour nous, mais ça peut expliquer les coups de blues de chéri surtout si elle lui en a parlé de cette façon et habillée comme elle l'est en ce moment.

Je commence à comprendre pourquoi il n'est jamais très emballé de retrouver sa petite famille et sa secrétaire à ses retours de croisière.

LA TRAVERSÉE

Comme programmé, nous avons mangé à dix-neuf heures, mais je n'avais pas faim. L'estomac un peu bloqué, d'autant plus bloqué que le skipper avait juste avant le repas distribué les harnais.

Pour le moral ce n'est déjà pas terrible, mais côté confort, ça laisse vraiment à désirer.

Je lui ai expliqué que j'en avais un, incorporé à ma veste de quart, mais il n'a rien voulu entendre et m'a demandé cette fois, de façon plus sèche, de régler celui qu'il venait de me remettre et de le déposer sur ma couchette.

« Avec celui-là tu seras encore plus attachée à ton mari si ça brasse trop ». C'est le genre de boutade que je n'apprécie pas énormément, mais le moment était mal choisi pour en discuter.

J'étais nerveuse. Vérification des feux, du phoscar, cette fois j'étais bien partie pour traverser mais si j'avais eu encore la possibilité de redescendre à terre je n'aurais pas hésité.

Je pensais aux enfants. Je me demandais même pourquoi j'étais encore à bord et pas sur le quai en criant à l'équipage « au revoir, bon vent, envoyez de vos nouvelles ! »

J'ai entendu les bruits de la chaîne au guindeau, de la grand-voile qui faseyait en montant le long du mât.

« Ancre hors d'eau, criait Lagaffe.

— Envoyez le génois », lança le skipper.

Chéri était à la barre, Thérèse et le Poète le déroulèrent lentement.

Sans bruit, nous commencions à avancer.

Je réalisais que j'aurais été bien incapable de les aider à la manœuvre et j'enviais cette fille qui tournait le winch comme un homme avec des oh et des ah d'effort et de plaisir. C'était pour elle une véritable jouissance que j'aurais bien voulu partager.

Je me suis assise, comme tous, je regarde la côte, les îles qui défilent lentement et ce trou noir vers lequel nous nous dirigeons en silence.

Je suis oppressée, ils doivent s'en rendre compte. J'écoute les réflexions des uns et des autres, guettant une remarque, un mot, pour savoir si tout est normal.

Je dois être un peu folle de m'être lancée dans cette croisière, mais je sais que si je ne l'avais pas fait cette année, je ne l'aurai jamais fait.

Progressivement je me détends, le vent d'ouest est faible, la mer est calme, il fait bon, j'ai faim. « C'est bon signe », me lance le Poète quand je remonte du carré avec un paquet de biscuits.

Allongée sur le pont, je cherche en vain le nom des constellations tout en surveillant le passage des étoiles filantes pour faire des vœux. C'est que des vœux, j'en ai un sacré paquet à faire, la nuit ne va pas suffire.

Il est vingt-deux heures, je suis de quart avec Thérèse, autant dire qu'elle est de quart et que je lui tiens compagnie.

Elle est à la barre depuis plus d'une heure, elle n'a pas bougé ou presque, dans la pénombre, je ne vois qu'un léger mouvement de ses avant-bras ; elle conduit ce voilier comme un cavalier sa monture, elle le sent, le guide avec douceur, fait corps avec lui. Le voilier lui obéit, monte lentement sur la vague, glisse au sommet et reprend sa route sans heurt.

Elle n'a rien dit et je n'ose pas lui parler, j'aurais l'impression de casser quelque chose.

Garçon ou fille, il serait difficile de se prononcer, elle n'a rien de féminin avec son bonnet qui lui tombe sur les yeux, un haut de ciré jaune, son harnais crocheté, un jean trop court, des chaussettes en cache pot et ses bateaux défraîchis.

Quand je pense que je me suis achetée une combinaison de survie rouge, une veste de quart avec harnais incorporé, sans parler des chaussons, collants de laine et j'en oublie… Une petite fortune pour dix jours de voile. « Tu dois être à l'aise et chaudement habillée » avait insisté Chéri.

Pour être à l'aise, ce n'est pas vraiment l'idéal, je baigne dans mon jus, et cette stupide combinaison qui, soi-disant, respire, me donne l'impression de faire une cure d'amaigrissement dans une sudisette. Je coule littéralement, assise, et sans rien faire.

Bonjour les odeurs demain !

Thérèse est toujours concentrée, elle écoute une petite musique dans sa tête qu'elle seule est capable d'entendre, alors que dans la mienne je perçois des grondements.

Je n'ai pas vraiment peur, son calme me sécurise, je suis simplement mal à l'aise, l'estomac un peu noué. Je tente de suivre des yeux les paquets d'écume qui courent le long de la coque, crêtes blanches qui se tordent et disparaissent dès qu'elles sortent de la clarté du feu de poupe.

« Arrête, tu vas te faire mal ». Elle aussi m'observe, un vrai petit ange gardien, toujours prête à anticiper sur des vagues un peu plus hautes, un peu plus fortes qu'elle ne voit pas mais qu'elle devine.

Je m'imagine à sa place ou plutôt je n'imagine pas du tout de tenir la barre dans cette nuit d'encre.

Je l'envie un peu d'être aussi calme et détachée, au moins en apparence.

Je me croyais très forte, pleine de qualités, – comparée aux copines – avec quelques petits défauts que je refuse de reconnaître. Ils sont si peu importants !

Voilà que depuis deux jours, je réalise pour la première fois, à trente-trois ans, qu'il existe autre chose, que l'on peut vivre sans habiter un coquet appartement dans un quartier chic avec des pleines armoires de fringues et un congélateur garni pour le cas où quelqu'un – qui souvent n'est pas invité –, viendrait frapper à la porte.

Un appartement où le moindre bruit de robinet qui goutte la nuit provoque une crise aggravée par l'incompétence et la mauvaise volonté de Chéri, qui me conduit le lendemain à faire appel à un plombier qui me facturera son joint à un prix qui permettrait à Thérèse de vivre huit jours.

Je vais finir par me demander si j'ai fait le bon choix.

Au lieu de faire des études qui m'ont menée à épouser un cadre dit « dynamique » que je passe mon temps à attendre, à élever des enfants qui seront toujours mal élevés pour ma belle-mère, et à passer les quelques heures qui restent dans des salles de remise en forme, quelle forme ? Je me le demande, cette nuit, quand je me compare à cette fille qui mange mal, dort mal et n'utilise aucun des produits, dits de beauté, qui me coûtent une fortune. Au lieu de faire des études, n'aurais-je pas mieux fais de fabriquer des culbutos.

« Le vent a légèrement forci », c'est elle qui le dit, car je n'ai aucune référence qui me permette de le sentir et de l'apprécier.

Cela aussi m'énerve, mes sens se sont complètement atrophiés à vivre dans un appartement climatisé à vingt degrés toute l'année.

Je sais aussi que je serais incapable de me lever et d'adapter, comme elle, ma journée aux événements.

Je suis programmée, je marche à la pendule, l'heure des enfants à l'école, l'heure des courses, la visite à ma mère, elle aussi programmée sans possibilité de report.

Et tout ça dans une ambiance de stress permanent qui m'est devenue indispensable si je veux avoir « l'impression » de vivre.

« Le vent à légèrement forci », confirme Thérèse, une petite lampe rouge s'allume dans ma tête, « c'est grave ? » demandais-je.

Pour moi dans cet environnement toute information est positive ou négative, rien n'est neutre.

« Non, pour le moment on peut garder toute la toile, si ça monte on prendra un ris, surveille l'anémo et avertis si ça passe les vingt nœuds ».

Me voilà occupée pour le restant de mon quart, l'anémo, comme elle dit, a une fâcheuse tendance à se balader et cela n'a rien à voir avec le compteur de ma voiture mais je ne dis rien, je surveille.

Les heures passent, j'ai envie d'aller aux toilettes, je n'ose pas décoller les yeux de ce foutu machin, j'ai de plus en plus envie d'aller aux toilettes, mais comme elle n'a pas l'air d'avoir de problèmes de ce côté-là, je ne lui fais pas part de mes petits soucis…

Je me demande vraiment comment elle est foutue cette bonne femme !

Skipper qui ne dort pas est toujours à la table à cartes, il suit la route sur la carte, et les répétiteurs, écoute la VHF.

Comme Thérèse, il peut passer la nuit à attendre le moment où il faudra aider à une manœuvre, réveiller le quart montant, faire chauffer une casserole d'eau dans des conditions impossibles d'équilibre, pour faire un café ou une soupe quand il sent l'équipage un peu las.

J'en suis là de mes réflexions, en me disant qu'il va falloir que je réorganise ma vie dès la rentrée, quand Bavard et le Poète arrivent.

Bavard fait un tour sur l'avant, ce que je n'aimerais pas faire dans cette nuit noire, – j'espère que Chéri ne fait jamais ça – puis il revient prendre la barre, Poète lui, prend ma place que je cède avec plaisir.

« Allez, on va s'allonger » dit Thérèse, elle n'a pas dit dormir…

Le voilier fait quelques embardées, Bavard ne doit pas être bien réveillé. Skipper ne va pas tarder à lancer un coup de gueule.

Thérèse a vite fait de tout quitter et de se glisser toute nue sous mon duvet, pendant que dans le noir, je cherche désespérément à me sortir de cette combinaison en me calant tantôt de la tête ou des fesses au placard à cirés.

Je suis trempée d'une sueur acide, je rêve d'une douche et d'un lit douillet.

Je ne veux pas dormir nue, je ne l'ai jamais fait, pourtant je n'ai vraiment pas le courage d'aller chercher une chemise de nuit dans le coffre à cette heure. Je sens que je vais briser un vieux tabou. Si ma mère savait…

À peine allongée elle ronfle déjà, un vrai soufflet de forge. Bien sûr, elle à la tête tournée de mon côté.

La voilà maintenant qui balance un bras qui me tombe sur la poitrine, elle parle, mais je ne saisis pas le sens des mots. Il ne manquait plus que cela, je me demande si je ne vais pas remonter sur le pont.

Elle prend de plus en plus de place, se colle à moi, Je suis contre la paroi, un reste de duvet sur le corps, j'ai froid !

Je fais un bond, j'ai dû enfin m'endormir, mais le réveil est brutal. Il fait presque jour, je réalise assez vite que je suis sur le voilier.

Thérèse finit de me réveiller d'une claque sur l'épaule avec un « c'est l'heure ! » elle oublie simplement de me dire laquelle.

Je saute dans un jean, enfile un pull, j'ai la gueule de bois, je sens mauvais.

Moi qui ai horreur de sauter du lit et de foncer à la cuisine pour faire chauffer le petit dej des enfants, moi qui fais toujours sonner le réveil un quart d'heure avant l'heure H pour avoir le plaisir de me réveiller lentement et reprendre mes esprits…

Ainsi réveillée, encore faudrait-il avoir dormi, je sais que ma journée va être pourrie ou serait pourrie en ville.

Le soleil éblouissant me fait mal aux yeux, Thérèse se prépare un café tiède qui n'a pas le temps de passer qu'il est déjà avalé.

Je comprends qu'il ne faut pas imaginer, dans l'immédiat, avoir un petit-déjeuner avec tartines de pain grillé.

Lagaffe dort sur un coffre, il n'a pas dû en faire lourd, ça me console un peu.

Thérèse est déjà à la barre et remplace Chéri, je la regarde, elle est fraîche comme si elle avait passé une nuit ordinaire, il faut dire que le bronzage doit camoufler un peu les dégâts. Elle est comme tout le monde, ce n'est pas un phénomène, elle ne doit pas péter la forme avec quatre heures de sommeil encore que… avec ce genre de femme on peut tout imaginer.

Je passe devant le miroir, je ne me reconnais pas ou plus, j'ai pris cinq ans et encore je suis gentille ! Mes cheveux ont frisé avec l'humidité, je n'avais pas enlevé mon maquillage, et les restes ne sont pas vraiment une référence pour la marque.

Bavard que je n'avais pas vu arriver, me prend en photo en gros plan, – ce qui confirme mes craintes – je n'ose rien dire mais j'ai une envie folle de passer son appareil par-dessus bord.

J'imagine déjà la réunion photos au retour, ils vont tous la vouloir, j'aurai intérêt à la faire disparaître si je ne veux pas que les enfants l'emmènent à l'école pour faire voir aux copains comme maman est drôle quand elle se déguise en marin.

Je reprends mes esprits lentement, une bonne odeur de bacon, café et chocolat monte du carré.

Chéri est de service, tiens ? Il a la forme ici.

Sept heures, le voilier avance tranquillement, le soleil est déjà chaud, la mer calme, une traversée de rêve disent-ils.

La journée passe tranquillement, chacun allongé sur le pont ou sur une couchette, dort, apparaît, disparaît. Je ne sais plus exactement à quel repas faire référence, biscuits, saucisson, vin blanc, repas chaud, apéro, l'heure n'a plus d'importance, le temps se compte en miles restants avec une heure approximative d'arrivée qui va évoluer au gré du vent, mais est-ce vraiment important ?

Je suis bien, c'est la première fois.

Le coucher de soleil a été magnifique, et l'on distingue depuis plusieurs heures, le relief des montagnes Corse, que je continue à prendre pour des nuages, mais je suis dans l'erreur.

Je l'admets d'autant plus facilement que c'est déjà l'espoir de revoir la terre ferme.

Les plus optimistes sentent même le maquis, mais comme je suis sous le vent du skipper, je ne sens que l'odeur de sa pipe.

La nuit est tombée, les feux de la côte apparaissent de plus en plus nombreux, petits points lumineux qui grossissent et me ramènent à la vie.

C'est la première fois que je me sens si isolée, ce n'est pas la solitude des villes où l'on se sent seule, anonyme dans la foule bruyante et faussement sécurisante. Ici, on se sent uni et dépendant mais dans un univers liquide, désert et oppressant.

Je comprends pourtant mieux que pour certains cette forme de solitude soit plus rassurante.

J'avais l'impression d'être arrivée mais il faudra encore trois heures avant de passer les feux du port. C'est long…

Calvi, la citadelle. Tout est éclairé, les bistrots et restaurants du port font encore le plein, on approche très vite du quai, pare-battages à poste, – je n'ai pas eu le droit de faire les nœuds sur les filières, petit détail qui me vexe un peu –. Chacun est à son poste, je me fais toute petite pour ne pas gêner, Skipper, à la barre, gueule un coup parce qu'il ne voit rien, mais c'est, paraît-il, normal au début des croisières.

On est à quelques mètres du quai que l'on va accoster par l'arrière, je crois comprendre que la manœuvre doit se faire en douceur. Pas un mot, chacun observe. C'est certainement un moment important !

Sans avertir et sans ordre du skipper, – ce qui aggrave encore son cas – Lagaffe saute sur le quai, mais il a mal évalué la distance. Skipper gueule un coup – encore ! et stoppe le bateau.

Un plouf ! Je suis la seule à rirre bêtement. Lagaffe a disparu… non accroché à une pendille, il tente de se hisser sur le quai aidé par Chéri qui se tient quand même à distance pour ne pas se retrouver couvert de mazout.

Tout est bien qui finit bien, il s'en tire sans ses lunettes et avec quelques remarques pas très flatteuses qui me confirme que, chez lui, ce genre d'exploit est monnaie courante, mais la manœuvre est loupée, et le skipper fait la gueule.

Le voilier amarré, le tuyau est immédiatement branché sur le quai. À la maison, on prendrait une congestion, mais ici, on se douche et on se savonne joyeusement à dix heures du soir.

Chéri me fait gentiment remarquer que je suis en slip, et alors ! il fait nuit, où est le problème ? Thérèse est à poil et les hommes aussi, mais le mien très pudique a gardé son maillot.

Un short, un haut vite enfilé sans soutif, – je vais pouvoir les ranger définitivement au fond d'un sac –. Les cheveux mouillés mais ils sécheront, je me trouve très présentable.

Thérèse et les copains m'attendent, « viens, on va arroser ta première traversée et manger un bout ».

J'ai l'impression d'être un peu soûle pourtant je n'ai rien bu depuis au moins deux heures, – c'est certainement le fameux mal de terre –.

Je suis un peu soûle mais heureuse.

Bavard qui est un expert dans l'art de voir sans regarder a vite fait, dans la pénombre, de repérer les couples ou plus exactement d'accoupler les uns et les autres sur les bateaux voisins.

Aussi a-t-il remarqué deux jeunes femmes agréables à regarder et surtout seules sur leur voilier.

Prudent, ne prenant pas de risques, il a transmis immédiatement l'information au Poète en pensant certainement que si l'affaire était intéressante, il pourrait toujours en profiter.

Poète qui est friand de ce genre de renseignements et rêve de fonder un foyer, fait partie de ces hommes, assez rares, merci, qui voient dans chaque femme une mère potentielle.

Cela ne serait pas grave s'il n'avait la mauvaise habitude de faire part de ses projets familiaux à la nouvelle rencontrée dans les trois premières minutes de leur conversation.

Le résultat est chaque fois le même, il va d'échec en échec en proclamant haut et fort que les femmes ne sont vraiment pas sérieuses.

Chacun tente en vain de le raisonner, de le conseiller, de lui trouver quelques occasions, comme ce soir mais rien n'aboutit et il se désespère sans toutefois renoncer.

C'est ainsi que, fort des renseignements reçus, il nous quitte pour aller tourner autour des jeunes personnes et engager une courte conversation…

L'ESCALE

« L'affaire se présente bien » dit-il en nous rejoignant. Le Bavard s'approche, l'air faussement désintéressé, mais il écoute attentivement.

« Deux Allemandes de vingt-cinq trente ans, elles parlent parfaitement le français. Elles viennent d'arriver et attendent deux copines. C'est parfait on en aura une chacun »

Ce n'est pas possible, pensais-je, je rêve ! ou il bluffe. Pourtant il a l'air très sérieux et sûr de lui.

Skipper écoute sans commentaire, pendant que Lagaffe et Bavard qui voudraient en savoir un peu plus se partagent déjà les filles comme des tranches de tarte au dessert.

Le Poète qui est tout excité m'explique avec moult détails cette technique de drague, que je trouve particulièrement macho.

« Tu comprends elles sont un peu paumées, la langue, la météo, tous les petits problèmes qui ne manquent jamais de te tomber dessus au mauvais moment sur un bateau de location, elles ne refusent pas un petit coup de main et ça facilite les contacts. »

Comme dans ma naïveté je tends à émettre quelques doutes sur le résultat, Bavard me certifie que la technique est bonne et bien rodée. Il va jusqu'à me citer quelques croisières passées en prenant mon Chéri à témoin. – Merci je n'en demandais pas tant ! – Mais Chéri est subitement pris d'une crise d'amnésie et cherche à minimiser l'efficacité du système.

Thérèse, elle, me confirme que ça marche ! donc c'est vrai !

Ils ont leurs habitudes et le restaurant en terrasse sur le quai est vite repéré.

Comme le fait remarquer Thérèse, il me semble aussi que le choix est plus lié à la longueur des jupes des serveuses qu'aux menus proposés.

Les menus et les prix, c'est vrai, sont pratiquement les mêmes dans tous les établissements, seul le nom des plats change comme la couleur des sièges qui délimitent les emplacements de chaque restaurant.

Je comprends mieux le skipper qui m'explique sérieusement que quant à faire de mal manger, il vaut mieux avoir au moins le plaisir des yeux et une bonne place.

Le Poète qui nous presse un peu pour retourner passer la soirée avec les Allemandes, choisit rapidement son repas. Il le choisit d'autant plus rapidement qu'il a la mauvaise idée de spécifier à la serveuse qu'il est végétarien.

À la tête de la fille, nous réalisons qu'être végétarien est du plus mauvais goût, à une heure où il est préférable d'accepter avec le sourire ce que l'on vous propose.

Mais il a l'habitude et nous sommes plus gênés que lui quand elle lui apporte sans sourire ses frites sans steak et ses pâtes sans sauce, le tout servi dans la même assiette.

« Bien que cela ne soit pas dans le menu, le patron ne vous comptera pas de supplément » précise-t-elle quand même.

J'ai de la peine à avaler la soupe de poissons certainement pêchés dans le port si j'en juge par l'arrière goût de mazout que même l'ail et la rouille ont de la peine à masquer.

Les autres ne sont pas plus à la noce et chacun commente son plat, avec des mots si choisis que deux couples installés à la table voisine se lèvent et partent en nous remerciant.

Ce petit incident et une troisième bouteille de rosé nous redonnent le moral.

Nous plaisantons comme il se doit sur l'allure des estivants qui passent et repassent devant notre table en regardant et commentant le contenu de nos assiettes. Certains s'arrêteraient presque pour mieux détailler les plats et faire quelques réflexions.

Pas un ne trouve grâce à nos yeux pétillant de ce vin frais, au contraire, hommes, femmes, enfants, tous ont un quelque chose que nous grossissons et déformons à plaisir.

C'est un jeu assez nouveau pour moi, nouveau dans le sens où chacun doit faire preuve d'humour et non pas balancer une vacherie gratuite comme nous le faisons en ville avec mes copines chaque fois qu'une malheureuse un peu mieux nantie que nous par la nature, nous fait baver de jalousie.

Un humour parfois à la limite du convenable je l'admets. Mais pour être honnête, je dois reconnaître aussi qu'il ne m'a pas fallu longtemps pour en comprendre les règles et participer de façon active à ce jeu de massacre.

Il est déjà très tard, le Poète nous a quittés depuis longtemps, je suis fatiguée, mais nous avons ri comme on peut rire de tout et de rien quand la fatigue, l'alcool, et l'ambiance vous portent.

Accrochée au bras de Chéri je marche sur des nuages roses, je n'attends plus que le moment de m'écrouler les bras en croix sur ma couchette.

Nous rejoignons le bord en chantant, et seul Bavard examine de façon peut discrète le voilier des deux Allemandes. La descente du carré est fermée et une lumière tamisée filtre à travers les hublots...

Chéri, qui a oublié un instant ma présence, fait remarquer qu'elles sont deux et que peut-être... Mais je le pince avec assez de vigueur pour qu'il n'aille pas plus loin dans ses propositions, et ne vienne pas gâcher cette soirée.

Thérèse qui s'était absentée pour rencontrer des amis sur un voilier voisin nous rejoint heureuse et s'entretient en aparté avec Skipper.

Nous en sommes là quand le Poète que nous n'avions pas vu dans le noir, assis sur un coffre, nous fait rapidement part de ses mésaventures.

« J'arrive sans bruit, dit-il, je crois un instant qu'elles sont parties, pas de lumière, je m'approche encore quand j'entends des gémissements. À ce moment-là je suis certain de m'être fait doubler par un plus rapide, quand, à ma grande surprise je les vois couchées au fond du cockpit en train de s'embrasser tendrement.

Elles m'ont aperçu se sont levées tranquillement et m'ont souhaité une bonne nuit avant de descendre dans leur carré ».

Un immense éclat de rire me prend, je n'avais pas imaginé cette possibilité.

Chacun cherche à le consoler à sa façon, en particulier Bavard « Des salopes ! toutes des salopes ! » précise-t-il.

« Merci pour nous » lui répond Thérèse qui n'apprécie pas beaucoup ce mélange des genres.

« Bon, dit Skipper pour conclure, ce n'est pas encore cette année que je serai parrain de tes gamins ».

Neuf heures du matin, je me rappelle que je n'étais pas très fraîche et que je me suis endormie rapidement. Je n'ai pas dû bouger de la nuit.

Je réalise que je n'ai pas entendu Thérèse ronfler et parler cette nuit, et que son sac a disparu. Où a-t-elle bien pu aller ?

Je me lève facilement, la cabine est inondée de soleil, il fait déjà très chaud et je transpire, un vrai sauna.

Des croissants sur la table du carré, du café encore tiède comme le beurre coulant oublié là. C'est vraiment jour de fête...

Je me sens très molle, envie de rien, même pas de me laver, cela commence à m'inquiéter.

Côté présentation je ne dois pas être au mieux, mais c'est sans importance au contraire, à la différence du club, il est préférable ici d'être naturelle et discrète pour éviter les réflexions et commentaires au petit-déjeuner.

Je sors, un bol de café à la main, c'est un véritable bateau fantôme ils sont tous partis.

Je m'assois le tee-shirt tiré sur les genoux, je plisse les yeux tant la lumière est violente.

Je ne reconnais plus le port, j'ai l'impression que comme dans un théâtre ils ont changé les décors pour jouer une autre pièce avec d'autres acteurs.

Finis la citadelle et les quais où la moindre pierre, la moindre tour est mise en valeur par des jeux de lumières pour redonner à la ville son caractère originel, fini le va-et-vient des touristes aux terrasses. Le soleil écrase tout, le port est calme et silencieux.

Je reste là un peu surprise, incapable de descendre sur le ponton pour aller voir de plus près ce que j'ai entr'aperçu cette nuit.

J'ai la tête vide, le corps imprégné de soleil, mais d'un soleil doux, d'un soleil câlin qui m'incite à ne pas bouger pour prolonger ce moment.

Je repère facilement les nouveaux arrivés, blancs pour les plus prudents, ou couverts de coups de soleil, ils émergent des cabines, les yeux collés, s'étirent, me font un petit signe de tête et replongent aussitôt dans le carré.

Sur le voilier amarré près de nous, deux enfants jouent sur le pont pendant que les parents finissent leur nuit ou conçoivent le troisième.

Dans un moment de lucidité, je me dis que je ne pourrais pas laisser les miens sans surveillance, mais j'entends une petite voix qui me dit « pas encore ».

Sans surveillance, ou plus exactement à la surveillance des autres car il est clair que tout un chacun s'observe discrètement. Il y a encore trois jours, j'aurais trouvé cela déplacé mais aujourd'hui c'est déjà presque normal et pratique.

Onze heures, ce n'est pas cette fois que je visiterai la ville, j'ai juste eu le temps de prendre une douche et de faire un tour avec Chéri dans les rues basses du port où nous avons tout de même pris un café.

Il y a déjà un peu plus d'animation, les estivants, qui commencent à arriver, cherchent une place dans les parkings déjà complets. Ils tournent et retournent l'air mauvais, puis excédés démarrent dans un crissement de pneus rageur.

L'un deux, un peu plus chanceux, a trouvé « sa » place, c'est du moins ce qu'il affirme à un autre automobiliste qui prétendait à la même.

Les enfants ravis profitent de l'altercation pour vider sur le macadam la moitié du coffre. Bouées, épuisettes, masque et cannes à pèche jonchent le sol.

La mère dégoulinante de sueur, la robe collée aux reins par la transpiration tente de les raisonner, pendant que le père dans une ultime manœuvre écrase le panier pique-nique, que sa femme venait de sortir !

Un siège d'enfant transformé en poussette pour la petite dernière qui hurle sur la banquette arrière, une paire de claques au plus grand « ça t'apprendra ».

Quoi je l'ignore mais lui, j'espère, le savait…

Des enfants qui pleurent, des parents qui s'engueulent, la journée ne fait que commencer. Bonjour les vacances… Avec ça on rentre détendus !

Assis à côté de nous, un couple sans enfant démêle dans la plus grande discrétion les laisses de deux adorables toutous qui viennent de pisser sur le sac d'une estivante, trop occupée, avec son copain pour s'en rendre compte

Chéri qui n'a rien perdu de la scène me regarde et rit. J'en profite pour lui faire remarquer un autre couple assez jeune à l'air triste d'ennui. Elle fait des mots croisés pendant que son mari suit d'un œil las les femmes en minijupe

À bien regarder je suis privilégiée, même s'ils mangent à l'heure, dorment dans un vrai lit et se lavent dans une vraie salle de bain.

« La citadelle ce sera pour une autre fois, il est l'heure de rejoindre le bord » me dit Chéri en se levant.

On ne peut pas dire que l'on traîne !

MOUILLAGE

C'est reparti, chacun sait où l'on va, moi pas exactement, mais je ne pose même plus la question.

Skipper m'a gentiment montré sur une carte le trajet de la journée et le prochain mouillage ; il m'a précisé que c'était un endroit de rêve.

Je n'ai pas osé lui avouer que je n'étais pas capable de me retrouver sur une carte Michelin, pas plus que sur un plan de ma ville, et que de ce fait il perdait un peu de son temps.

Ce n'est pas la peine de leur donner du grain à moudre, il m'aurait dit que comme toutes les femmes, je n'avais aucun sens de l'orientation – ce que nous savons toutes, mais c'est aussi ce qui leur permet d'avoir l'impression de nous guider –.

Le plus important pour moi est de savoir que l'on arrivera assez tôt dans un mouillage au pied d'une tour génoise, que l'eau sera chaude avec une petite plage de sable blanc

Ça, je suis très capable de le comprendre et cela me convient parfaitement.

Seule ombre au tableau, j'ai perdu ma coéquipière. Thérèse a débarqué, il est vrai que, compte tenu du volume de son sac, c'est vite fait et discret.

« Elle nous rejoindra plus tard » c'est tout ce que j'ai pu tirer du skipper, une vraie tombe !

Le Poète serait bien parti avec elle, mais elle lui a fait comprendre avec un sourire qu'elle était déjà comblée.

Cette façon de faire m'énerve un peu. Thérèse aurait pu m'avertir, mais notre intimité est récente et puis elle a peut-être estimé qu'avec mes idées de petite bourgeoise et ma vie si bien réglée, je ne comprendrais pas ses motivations.

Si elle savait comme depuis quelques jours je comprends mieux beaucoup de choses…

Le trajet a été court, au portant, sous spi, je n'ai pas vu passer le temps, on m'a même confié une écoute que je devais border ou choquer, je ne sais pas exactement à quoi cela servait mais ils étaient contents.

Depuis une heure, nous naviguons dans un décor irréel, impressionnant de formes et de couleurs. Nous longeons les rochers à les toucher.

Combien de fois Skipper est-il venu ici ? Il serait bien incapable de le dire, combien de fois les yeux fixés sur ses repaires a-t-il guetté sur le visage des équipiers leur surprise et leur joie.

Rien n'a changé, précise-t-il, et à l'exception d'un équipage qui a continué à jouer au poker dans le carré, tous sont tombés amoureux de ce mouillage.

Ce soir, loin des ports, loin de la foule, on peut crier, jouer avec l'écho et Bavard en profite pour nous faire un récital de chansons de corps de garde qui serait déplacé en d'autres lieux

On boit à la mer, aux amis, aux étoiles et l'on chante des chansons dont je connaissais l'air mais pas les paroles… ou plus précisément, pas celles ci.

Il est très tard, une heure du matin peut-être, – mais l'heure ici n'a plus d'importance – quand nous décidons d'être raisonnables.

« Un dernier bain pour la nuit, mais à poil » précise Skipper.

Je ne suis pas vraiment à l'aise, les choses vont un peu vite pour moi, mais je décide dans un effort qui me surprend d'enlever le haut.

Personne ne fait de réflexions, seul Chéri me foudroie du regard, mais comme il fait nuit je ne suis pas censée l'avoir remarqué.

Tout est calme, rassurant, sécurisant, Skipper a passé là des dizaines de nuits toutes merveilleuses dans sa mémoire parce que la mémoire est sélective.

Mais je sais qu'il préfère oublier une certaine nuit…

Ce soir, tout est calme, mais il se souvient que cette fameuse nuit, la soirée aussi avait été calme et aux précautions prises, j'ai senti qu'il ne l'oublierait jamais cette nuit pourrie.

Chéri qui était avec lui ne m'avait jamais donner de détails. Cela s'était passé quelques mois après notre mariage et il n'avait pas voulu m'inquiéter, craignant sans doute que je lui demande de mettre un terme à ses sorties, mais maintenant je voulais savoir ce qu'il m'avait caché.

« La dernière météo était bonne et la renverse de vent qui ne devait se produire qu'en fin de journée le lendemain, s'était faite en fin de nuit », m'explique le skipper.

« Tout était calme et chacun dormait, épuisé par une journée assez dure », précise-t-il.

Il se rappelait la première rafale, il s'était retrouvé assis sur sa couchette mais tout était normal, il faisait nuit, il pensait avoir fait un de ces mauvais rêves que l'on n'espère pas prémonitoire mais qui vous gâche le restant de la nuit, et vous fait relever pour vérifier encore ce que l'on a déjà dix fois vérifié.

La suivante était arrivée encore plus violente, ensuite tout avait été très vite. Les rafales s'étaient succédé, la mer s'était levée immédiatement.

Il fallait partir et vite, le mouillage était trop exposé.

Parfaitement abrité de l'ouest il avait reçu le coup d'est en pleine figure. Cinquante nœuds à l'anémo, personne n'avait pris le temps de s'habiller, mais personne sur le pont ne sentait le froid dans cette aube de novembre.

La chaîne tirait à se rompre et le voilier bondissait comme un chien effrayé qui aurait voulu se dégager de sa laisse, les paquets de mer s'écrasaient sur le pont. Le ciel noir se déchirait par instant pour laisser passer quelques rayons d'un soleil blafard et froid qui rendait le lieu encore plus sinistre.

Le voilier avançait lentement au moteur, face au vent, qui couvrait la voix des deux équipiers au guindeau.

L'ancre était pratiquement relevée quand le moteur avait calé… le bout d'un casier enroulé dans l'hélice.

Il en parlait comme s'il vivait encore ces moments, les yeux mi-clos, il marquait des poses dans son récit.

Après, disait-il, il ne se souvenait que des bruits et des chocs, il était déjà trop tard pour lancer de la toile et manœuvrer dans cette crique trop étroite où il s'était fait piéger.

Le voilier avait talonné sur une roche, et s'était bloqué là.

Il se rappelait aussi les équipiers chargeant dans les sacs de couchage tout ce qui pouvait être sauvé et évacué en annexe sur la côte assez proche.

Il se rappelait enfin ses appels au CROSS, « PAN PAN » ces mots que l'on espère ne jamais lancer sur les ondes, ces mots qui vous glacent comme un MAYDAY que l'on capte dans la nuit en traversée, quand la tempête fait rage, ces appels que l'on suit des heures durant et dans lesquels on sent l'angoisse, la peur et l'espoir.

Il revoyait les fusées, le remorqueur qui arrive et qui repart impuissant, le second qui cherche désespérément à vous passer une remorque qui tombe systématiquement à un mètre de la proue, la gaffe que l'on manque lâcher dix fois, les muscles tétanisés.

Plaqué sur le pont, jeté sur le balcon, il l'avait frappé cette remorque mais elle s'était rompue.

Il avait alors hurlé sa colère, injuriait les éléments, pendant que son voilier blessé se déchirait un peu plus à chaque estocade. Il avait recommencé, épuisé, glacé, meurtri, pour en frapper une seconde qui s'était tendue et l'avait enfin arraché.

Les avaries n'avaient pas été trop importantes si l'on considère que ce matin-là beaucoup avaient tout perdu.

Les équipiers l'avaient rejoint une heure plus tard au port et avaient tout de suite programmé une prochaine croisière pour oublier plus vite.

Nous sommes seuls et silencieux, tous sont couchés.

« Sois tranquille, me dit il en se levant, cette nuit sera calme ».

SOIRÉE RESTO

Huit heures du matin, je suis reposée, détendue, la nuit à été calme, je n'entends pas un bruit, je passe la tête hors de la cabine, le voilier est désert.

Un maillot vite enfilé, mais je n'ai pas le temps de sortir, je suis saisie, enlevée et couchée sur le pont.

Je ris encore quand je réalise qu'avec un bouchon brûlé, ils sont en train de me couvrir de bandes noires de la tête au pied.

Je crie, je me débats mais rien n'y fait, ils se régalent. « Pitié pour mon maillot » ; je réalise vite que c'était vraiment la dernière des choses à dire, « qu'à cela ne tienne » lance Bavard qui aidé du Poète et de Lagaffe fait sauter le haut sous le regard anxieux de Chéri qui se demande si le bas va subir le même sort.

Je crois que c'est fini mais je n'ai pas vu arriver Lagaffe avec un pot de miel qu'il me retourne tranquillement sur la tête en me maintenant pour que le tout s'écoule largement pendant qu'ils me récitent la formule consacrée à leur cérémonie de bienvenue dans la bande !

Je rue, je crie mais ils ont tous plongé à l'exception de Skipper qui fait quelques photos.

Il ne me reste plus qu'à faire comme eux et à frotter désespérément pour éliminer au maximum les traces de mon baptême..

Skipper, sympa, arrive avec un seau d'eau chaude et du savon, me voilà sauvée. Je serai presque présentable ici…

Je prends conscience des « progrès » que je réalise, sans bien définir à quoi cela tient. Il n'aurait pas fallu, par exemple, qu'un moniteur dans un club que nous fréquentions s'amuse à me jouer ce genre de plaisanterie que j'aurai trouvé, comme mes amies du plus mauvais goût.

Ici, tout se passe très bien, et je trouve même cela assez drôle et gentil.

Le plus surpris reste mon bonhomme qui découvre une autre femme, mais je le sens tendu, il doit se demander à chaque instant qu'elle va être ma réaction et doit vivre assez mal ces moments.

La journée se passe de bains de mer en bains de soleil, ramassage de bigorneaux et visites de calanques que l'on ne découvre qu'en longeant la côte au plus près, tant les entrées sont étroites.

Le skipper est à la barre et les hommes lui indiquent les passages entre les roches. Il ne doit pas y avoir plus de vingt centimètres d'eau sous la quille et la concentration est maximum.

Le décor est fabuleux. Un animal, un oiseau, une tête, chacun voit dans les rochers taillés par la mer et le vent ce qu'il a envie de voir.

Bavard, lui ne voit que des phallus et des croupes de femmes en me prenant bien sûr à témoin et en me répétant sans cesse « tu imagines un peu, tu n'en vois pas tous les jours des pareils » « hein qu'en dis-tu », je n'en dis rien, pas encore, mais je ne rougis plus, c'est déjà bien !

Comme prévu nous avons rejoint un abri, je croyais que c'était un port, on m'explique la différence, ce n'est pas très important, c'est joli c'est le principal.

Un fort génois, des maisons accrochées sur la colline et des restaurants en terrasse, ça devient intéressant !

Il y a déjà plusieurs voiliers et bateaux à moteur au mouillage, tous regroupés le plus près possible de la plage et des pontons.

Skipper qui connaît le coin préfère se tenir à l'écart. « C'est plus loin mais c'est plus sûr ».

L'ancre posée, un maximum de chaînes, un coup de moteur arrière pour vérifier la tenue, c'est terminé pour aujourd'hui.

Je suis là, à admirer le paysage et je me rends soudain compte qu'ils sont tous descendus à l'intérieur ou je les rejoins.

Ils se taisent à mon arrivée ce qui a le don de m'énerver. Je sais que dans ces cas-là, ils préparent un coup foireux qui m'est certainement destiné.

Ils ne se rendent même pas compte de ma présence tant ils sont occupés à se raser, se laver et à préparer des vêtements propres.

À six heures du soir, même dans un abri, ce n'est pas vraiment le genre de la bande qui aurait plutôt tendance à déambuler sur les quais ou à la capitainerie d'un port, pieds nus, un tee-shirt pourri et un jean déchiré aux genoux quand ils n'ont pas un couteau pendu autour du cou en guise de décoration.

J'en suis là quand on daigne enfin m'avertir que ce soir on est de sortie.

Je fonce sur la glace de ma cabine, je me regarde de façon critique – c'est rare – et j'évalue les dégâts.

Partagée entre la colère de ne pas avoir été avertie plus tôt et la joie d'aller à terre, je commence à paniquer, il va me falloir faire des miracles.

J'ai une heure pour effacer les ravages du soleil et de la mer.

Le bilan est catastrophique ! J'ai une botte de paille sur la tête, des traits noirs sur le cou et la figure que, jusqu'à cet instant je considérais comme du bronzage, c'était plus valorisant que de la crasse.

La réalité est dure à accepter, mon esthéticienne et mon coiffeur en auraient pour trois heures au moins, ici j'ai une heure et encore, je sais déjà que, dans un quart d'heure, ils vont commencer à tourner en rond en me demandant ce que je peux bien faire pour que ce soit si long.

« Chéri ! »

Chéri arrive sur ses gardes, il doit s'attendre au pire.

« Je ne peux pas vous accompagner, allez-y sans moi, je ne peux pas sortir dans cet état, regarde, il me faudrait au moins une douche.

— Une douche ? »

J'ai vraiment l'impression d'avoir demandé l'impossible. J'aurais peut-être dû le lui dire en anglais, cela l'aurait moins choqué !

« Arrange-toi avec le skipper, tu sais très bien que l'on n'a presque plus d'eau ».

Je me demande vraiment à quoi il me sert ce type ! Quand, à ma grande surprise – mais j'avais parlé suffisamment fort pour qu'il entende – le skipper me propose gentiment d'utiliser la douche : « fais quand même attention, on n'est pas branché sur un pipeline ! »

Sauvée ! Sans perdre de temps je fonce, eau chaude, eau froide, j'en gaspille déjà au moins dix litres pour trouver la bonne température mais ça va.

Shampooing cheveux et shampooing pour le corps – ils ont les moyens ces hommes –. J'ai dû en mettre un peu trop car ça mousse anormalement, je me demande si leur shampooing n'est pas du produit vaisselle, ça pue le citron, j'aurais dû prendre le mien !

Ce n'est pas grave, l'eau coule toujours si je la coupe il me faudra encore tout régler et j'en ai plein les yeux.

Si je rince vite, ça ira, il n'a rien dit – pas encore – je dois être dans les normes.

Merde ! Il n'y a plus d'eau.

Je tourne en vain les robinets, rien plus une goutte, je me cogne à la cloison et je commence à paniquer.

On reste calme… « Skipper y'a plus d'eau !

— Depuis que tu la fais couler tu dois avoir terminé ?

— Non je ne suis pas rincée ! ça se gâte.

— Tiens, termine, me dit-il en me faisant passer une bouteille d'eau minérale. J'en ai encore une si cela ne te suffit pas et s'il en reste on le remettra au frigo. Je peux te rincer ce sera plus facile.

— Non merci profiteur ! » C'est froid ! Je termine la bouteille et ça mousse toujours quand tout à coup miracle ! l'eau revient. Les salauds !

« On a eu un petit problème de pompe, lance Skipper, tu peux terminer mais ne traîne pas ! »

Je sais qu'ils sont pliés en deux et qu'ils le raconteront plus tard, un peu arrangé, bien sûr…

Je me sèche comme je peux, la serviette qui est restée dans la douche est aussi mouillée que si je l'avais trempée dans un seau.

J'ai instinctivement sorti mon séchoir en réalisant dans l'instant que j'avais bien fait de ne pas demander où était la prise. J'allais encore passer pour une demeurée.

C'est une façon comme une autre de mieux comprendre la différence entre un abri et un port ! mais maintenant j'ai compris.

Je fais l'inventaire des vêtements que j'avais gardés pour cette occasion, tout est froissé, pilé. Je retrouve enfin la robe que j'avais amoureusement rangée sur le dessus du sac mais qui est miraculeusement passée dessous.

Je reste calme mais j'ai envie de pleurer d'autant que la tension monte dans le carré.

« Princesse, tu en as encore pour longtemps, à cette vitesse on est parti pour réveillonner ! » dit Lagaffe.

Il n'y a pas de lumière dans cette cabine, du moins pas de lumière suffisante et la glace est couverte de buée.

Pour le coup de peigne et le maquillage, il vaut mieux oublier, je finirai discrètement au restaurant en espérant qu'il ne s'éclaire pas à la bougie.

Je sors enfin de cette étuve. Avec mes petites chaussures dorées, ma robe de coton froissée, les cheveux raides et mouillés, pas une trace de maquillage, je ne dois pas être très chouette et je ne risque certainement pas de me faire draguer.

Ils sont tous attablés à manger des bigorneaux et à prendre un sérieux acompte sur l'apéritif, ils n'ont plus l'air très pressés mais je me garde bien de le leur faire remarquer, quand on me remarque enfin.

Sifflet, applaudissement, ils en remettent un peu, mais ça fait toujours plaisir, chacun m'embrasse, me dit un mot gentil – ou ils sont faux-cul ou ils n'ont pas de goût – c'est vraiment la fête, je ris, je suis bien, détendue mais pas pour longtemps. Je viens de réaliser qu'il va falloir prendre l'annexe pour aller à terre.

« Si tu ne sais pas voler je ne vois pas d'autre solution, on a écopé un maximum mais je te conseille de te changer si tu ne veux pas baigner dans ton jus toute la soirée. Avec le clapot on va certainement embarquer pas mal d'eau » me conseille Bavard.

Non ! Ce n'est pas vrai, je ne vais pas me rechanger une troisième fois !

Chéri confirme du bout des lèvres qu'il faudrait mieux que je passe un tee-shirt et un bas de maillot et que j'emballe le reste dans un sac plastique – Étanche précise-t-il –.

« Tu vas voir, on fait tous comme ça ».

Je constate en effet qu'ils ont tous un sac noué autour du cou.

J'ai le droit à la première navette, c'est, paraît-il, la plus sèche mais à peine partie je réalise que cela tient plus du bain de siège que de la croisière.

Ils m'ont gentiment assise sur l'avant de l'annexe et je sers littéralement de brise-clapot. « Ne bouge pas, précise Skipper, on est bien équilibré comme ça ».

Merci pour une fois je sers à quelque chose !

Enfin au ponton, après deux pannes de moteur et des acrobaties de Lagaffe qui m'ont laissé penser que j'allais finir à la nage, je crois être arrivée au bout du calvaire quand je m'aperçois que le sac plastique que je n'avais pas noué et posé à mes pieds a pris l'eau.

Je me rechange à nouveau, à moitié nue sur la plage, j'ai les reins glacés, ma robe mouillée, me colle aux jambes et aux fesses, et une des chaussures dorées qui n'a pas apprécié le bain de mer commence à virer au vert. C'est parfait pour une soirée !

J'ai intérêt à me faire discrète et je prie pour qu'ils choisissent une table dans un coin sombre.

Là encore, ils ont leurs habitudes, et je suis tranquillement le groupe.

Installés en terrasse, la vue est magnifique au soleil couchant, les voiliers groupés tirent sur leurs chaînes, le vent s'est levé et certains un peu anxieux viennent régulièrement vérifier que leur embarcation ne s'est pas déplacée.

Le repas est quelconque mais le plaisir est plus dans les yeux que dans le palais.

Je suis certainement la moins élégante de toutes les femmes présentes, je n'ai même pas pris la peine d'aller me maquiller aux lavabos et je prends vraiment conscience, en regardant autour de moi, que même en croisière, certaines arrivent à rester très classes, maquillées, peignées, robes repassées.

Cela tient certainement au fait qu'elles ne partent pas avec une équipe de sauvages qui tirent un trait sur tout ce qui peut rappeler la civilisation dès qu'ils ont les pieds sur un voilier.

Le rosé et l'ambiance aidants, j'ai heureusement dépassé le stade des complexes qui m'auraient normalement gâché ma soirée.

Je me surprends vraiment, même si je ne suis pas certaine de pouvoir encore appliquer cette désinvolture avec mes copines quand au retour on se fera une petite bouffe entre femmes. J'éviterai même de leur donner trop de détails, elles risqueraient d'être choquées

Le restaurant se vide de plus en plus rapidement avec le vent qui monte. Certains écourtent leur repas pour regagner leur bord, le patron fait la tête et surveille les tables, il sait que dans ces cas-là des petits malins en profitent pour repartir en courant et en criant, « on chasse ! on chasse ! on repassera vous régler plus tard ».

Il ne reste bientôt plus qu'une table d'Allemands qui seront bien incapables de retourner à leur bord mais qui pour le moment n'en continuent pas moins à descendre leurs bières à un rythme soutenu. Ils ont dépassé le stade des chansons, l'œil éteint, silencieux, ils se lèvent régulièrement et dans un ordre établi pour aller aux toilettes.

L'un d'eux plus atteint que ses collègues à failli se soulager dans les cuisines et se fait jeter par le chef qui nous prend à témoin.

« Non mais vous avez vu, pour un peu il pissait dans la soupe de poisson ! »

Bon appétit ! Heureusement que nous en sommes au dessert, je me demande s'ils auraient jeté la soupe pour si peu.

Ils pourront toujours finir la nuit sur la plage avec quelques hippies autour d'un feu de camp. Demain il fera jour…

Les bougies sur la table commencent à faiblir et ne donnent qu'une faible lueur, on ne parle plus, chacun s'est réfugié dans ses pensées et je commence à avoir froid.

Skipper a dû le sentir et décide de rentrer. Je suis un peu lasse, et l'idée de remonter dans l'annexe trempée ne me réjouit pas spécialement.

J'ai maintenant hâte d'être à bord, chez nous, chez moi, car il est évident que le voilier devient vite le lieu de vie du groupe, le refuge que l'on aime retrouver.

Personne ne s'est rechangé pour le retour, la fête est finie !

Ma robe en coton qui fait mèche est définitivement trempée et pleine d'auréoles quant aux chaussures ou ce qu'il en reste, j'aurais mieux fait de les laisser dans une benne à ordures sur la plage.

Chéri n'avait peut-être pas tort quand il me disait que l'on emmène toujours beaucoup de choses inutiles ou mal adaptées…

Le spectacle est intéressant, le vent est maintenant bien établi et j'apprécie de ne pas être dans le groupe des voiliers et bateaux à moteur serrés vers la plage.

Certain commencent à chasser sur leur ancre qu'ils remontent, entraînant du même coup un voisin qui avait eu la malencontreuse idée de poser sa chaîne au mauvais endroit.

Il fait nuit maintenant, des lampes qui s'agitent sur les ponts dans un ballet désordonné, des moteurs qui tournent au ralenti pour le cas où… Le bruit caractéristique des chaînes que l'on tourne au guindeau est le signe d'une grande effervescence qui se traduit vite par quelques coups sourds de coques qui se choquent, prises au piège de leur propre chaîne croisée sur celle d'un voisin.

Un homme en slip, accroché au balcon avant, la tête au niveau des flots, tente vainement de libérer son voilier en engueulant sa femme.

Elle avance trop vite, n'éclaire pas correctement son bonhomme, elle est sourde et vraiment conne. J'espère pour elle qu'elle n'est pas en plus susceptible…

Dix mètres plus loin, deux équipages se traitent de noms d'oiseaux, ce sont les femmes qui sont les plus virulentes, et toute la discussion porte sur « qui est venu se placer contre qui » comme si cela avait encore une importance !

Pouffiasse ! lance un homme énervé à une femme en bigoudis qui tente désespérément de repousser un voilier en prenant appui sur les chandeliers et les filières. « Si tu continues, je te file un coup de gaffe ».

C'est gentil non ? on n'a pas vraiment envie d'embarquer avec eux, je préfère encore mes sauvages !

« Connard ! c'est ton traîne-couillon qui est venu se coucher sur nous, on ne bougera pas » hurle une autre femme complètement hystérique.

Certains vont mal dormir, je suis saturée du spectacle et je vais me coucher.

« L'esprit marin a bien changé ces dernières années » dit calmement le skipper qui sirote son whisky dans l'obscurité...

LES NOUVELLES

Nous naviguons maintenant depuis plusieurs jours et je n'ai plus aucune appréhension, je commence à barrer correctement, c'est le skipper qui le dit – bien sûr par petit temps mais nous n'avons que du petit temps –.

Je comprends de mieux en mieux ces hommes et leur comportement, comme je comprends mieux aussi ce voilier qui a l'air de m'avoir acceptée.

Thérèse toujours absente, j'ai retrouvé ma place de femme privilégiée, mais je n'en abuse pas au contraire, je cherche à me fondre dans leur groupe sans jamais revendiquer un régime particulier, lié à « mon statut ».

Je regrette au contraire l'absence de ma copine de cabine « elle reviendra » m'a dit le skipper, lui doit savoir mais personne n'en parle plus.

Les jours passent, seul le présent ou le court terme ont encore une importance. J'espère que le skipper a encore la notion du temps, moi je l'ai perdue comme j'ai perdu le compte des jours de la semaine.

Chose inimaginable, c'est Chéri qui m'a fait remarquer que « nous », il faut comprendre « moi », n'avions pas téléphoné depuis trois jours pour avoir des nouvelles des enfants.

Téléphoner ? Oui mais j'aimerais entendre que tout va bien, que les autres, ceux que j'ai abandonnés sont aussi heureux que moi, entendre qu'ils arrivent à se passer de moi, de nous.

Mais non, comme le disait Chéri et je réalise maintenant qu'il avait raison, il suffit de prendre des nouvelles quand on est à l'autre bout du monde pour que l'on vous annonce des choses déplaisantes quand ce n'est pas pire. Par exemple, que les enfants sont malades alors qu'ils se portent parfaitement bien tout le reste de l'année, que le médecin se prononcera sur une hospitalisation dans deux jours ; c'est exactement le jour où vous serez dans un mouillage perdu, encaissé où les émissions en VHF ne passent pas.

Toutes une multitude de contrariétés que je supporte dans la vie courante qui n'est faite que de ce genre d'événements mais que je rejette en vacances.

Je comprends mieux les réflexions de Chéri qui dit, à qui veut l'entendre, aimer les femmes responsables qui sont capables de se passer de leur conjoint pendant trois semaines au moins et surtout de gérer le quotidien pour qu'il ne retrouve pas en rentrant une situation catastrophe qui ne lui donne qu'une envie, celle de repartir le plus vite et le plus loin possible.

Avec le recul, je conçois maintenant pourquoi cette vie est une vie de privilégié, égoïste.

Je comprends que pour pleinement en jouir il faut être libre de toutes contraintes familiales et de temps ou être tous sur le même bateau pour tous vivre le même événement au même instant en se coupant du monde.

Le skipper a certainement raison quand il répète que la vie en mer fait prendre conscience que le passé est dépassé, le futur incertain et que le plaisir se vit dans l'instant.

Mais le plaisir dans l'instant pour moi est un coup de fil à belle-maman.

C'est très peu de chose je sais, il suffit de trouver une cabine, une carte et une bonne raison pour être restée trois jours sans prendre de nouvelles !

Le seul petit problème que je ne peux négliger aussi est que belle-maman confond une communication téléphonique d'une cabine avec une conversation de salon devant un thé et des petits biscuits.

Je ne parle donc pas de la tête et de l'impatience des personnes qui attendent que je libère « la » cabine car généralement il n'y en a qu'une en état de marche ce jour-là.

Je ne sais pourquoi, aussi il suffit que je rentre dans une de ces cabines désertes pour que dans les minutes qui suivent je me retrouve encerclée.

Dans un premier temps, les gens s'alignent sagement, puis ils commencent à me regarder fixement, l'œil mauvais. Je tourne sur place pour éviter leur regard de plus en plus agressif, mais cela ne suffit pas, il y en a de chaque côté et il ne me reste plus qu'à baisser les yeux.

Je tire à moi, mais en vain, la porte qui reste entrebâillée, je dois parler fort pour couvrir les bruits de moteurs, d'autant plus fort que la chère femme est un peu dure d'oreilles.

Je finis en désespoir de cause par confier à l'entourage moult détails que je préférerais garder pour les intimes.

« Oui mamie votre fils va bien », j'en profite pour lui glisser que je ne vais pas mal non plus mais cela n'a pas l'air d'être son souci. « Non il n'a pas pris froid » et « oui il boit de l'eau minérale » de ce côté-là tout va bien merci !

« Oui je comprends les petits ont cassé le vase du salon, ce n'est pas grave on verra ça en rentrant. Il faut rester cool mamie ».

Qu'est ce qui me prend, je ne lui ai jamais parlé comme cela !

« Mais non, nous n'avons pas coulé, je dis Cool ! Oui à bientôt je dois libérer la cabine, comment ? Les petits veulent me parler oui eh bien qu'ils fassent vite ! »

Les mots qu'il ne fallait pas dire m'ont échappé.

« Oui mamie, je prendrai le temps de mourir, oui je sais il est même possible, si la conversation dure encore un peu, que je me fasse lyncher en sortant ! »

Je sors discrètement – comme si cela était encore possible – « Excusez-moi, dis-je, j'ai été un peu longue mais c'était important ».

Tu parles ! personne ne relève.

Deux femmes qui prétendent à ma succession sont en train de s'injurier en voulant toutes deux s'introduire dans la cabine qui n'a pas été conçue pour cela.

Je retourne au voilier soulagée, me voilà à nouveau l'esprit libre pour au moins trois jours.

Chéri semble avoir oublié que je me suis absentée pour une juste cause.

« Tu ne me demandes pas comment vont les enfants ?

— ah si ! ça va ? bien parfait ! »

Lui aussi semble soulagé, « espérons qu'ils ne feront pas trop de conneries pour qu'elle nous les garde quand on repartira. »

Il me regarde avec un sourire, je l'embrasse, je n'ose pas lui dire qu'il faudra certainement que l'on trouve une autre nourrice…

COUP DE BLUES

Le skipper, je m'en suis rendu compte très vite, est un homme différent ce matin. Il faut dire que la soirée à été triste, le mouillage retenu n'était pas spécialement agréable. Du vent, une eau trouble, un décor sinistre, une tour génoise en ruine que nous avons visitée à la hâte avant l'orage.

À ce moment-là, comme à son habitude, il était enjoué, il n'arrêtait pas de parler à chacun, comme si le temps pressait.

Il était du reste bien plus accablé que nous de ce petit coup de mauvais temps, et en faisait presque une affaire personnelle.

On a souvent l'impression qu'il court après quelque chose, une idée, une chimère, un rêve qu'il veut se dépêcher de réaliser.

Il est même parfois difficile à vivre tant sa vitalité est grande, il nous crève, pas un instant de répit, il a horreur de voir son petit monde se tasser.

Il ne comprend pas que parfois il nous écrase, que l'on aimerait avoir la possibilité de se retirer sous notre tente. Mais non, il revient à la charge, prend l'un de nous pour cible jusqu'à ce que le groupe reprenne vie.

La pire des choses c'est que, dans l'instant, on ne se rend pas compte de la manipulation.

Comme il est normal que cela arrive, le groupe fatigué hier au soir n'a pas voulu jouer le jeu.

Le Poète n'était déjà pas en grande forme, il n'avait pas cessé de scruter un voilier sur lequel il avait remarqué une belle Italienne.

Rendez-vous avait été pris pour le soir, mais il n'avait malheureusement pas compté avec le père qui n'entendait pas voir sa fille aller visiter les ruines au clair de lune avec un étranger.

Plus les heures passaient, plus la tension montait ; le Poète dépité décida très tôt d'aller se coucher, le Bavard qui n'était déjà plus avec nous par la pensée s'était calé en silence à l'abri du roof. Quant à moi, j'avais décidé de me faire une soirée « réflexion » pour remettre un peu d'ordre dans mes idées.

J'avais réalisé et découvert tant de choses en quelques jours que j'avais besoin de faire le point.

Chéri qui n'a jamais fait la différence entre les clignotants d'un avion et une étoile filante, avait décidé de se pencher avec Lagaffe sur une carte du ciel.

Le skipper qui n'aime pas ces situations où tout un chacun se retire lança hargneux, « il est triste de voir comment des personnes jeunes peuvent se transformer en petits vieux ou petite vieille à la moindre occasion. »

Il se serait arrêté à petit vieux, cela ne m'aurait pas dérangée, c'est aussi mon avis, je trouve trop souvent que Chéri et d'autres sur le voilier vont vite devenir ennuyeux s'ils ne se remuent pas un peu, mais le « petite vieille » m'a sauté à la figure.

« Lâche-nous un peu tu veux bien, es-tu capable de comprendre que l'on a besoin de temps à autre, et comme tu le dis, de vivre l'instant que l'on a choisi de vivre ! »

Je n'aurais pas dû, mais c'était parti tout seul…

Skipper n'a pas dit un mot, il s'est levé, est descendu dans le carré en refermant le capot derrière lui.

J'avais très envie d'en faire autant, je n'étais pas très claire dans ma tête, mais par principe et pour bien lui faire comprendre que l'on pouvait vivre sans lui, je suis restée dans le froid et l'humidité une bonne heure.

Les derniers sont descendus quelques minutes plus tard sans bruit et sans un mot. Eux savaient !

Ce matin, la tension règne encore. Skipper a décidé de s'isoler pour bien marquer sa rogne, comme à son habitude, il a descendu un grand bol de café sans un mot, et il ne s'est même pas informé de notre état de santé. C'est un signe qui ne trompe pas…

Armé d'un seau il a lavé le pont puis a bien attendu que nous tournions en rond pour décider de partir à la voile au milieu des autres voiliers.

Nous sentons qu'il se fait plaisir sans se préoccuper de nous, il navigue en solitaire avec un équipage qu'il ignore.

Je regrette que Thérèse ne soit pas là, je suis certaine qu'elle aurait trouvé une solution, elle est de la même trempe que le skipper alors que nous sommes tous là à nous regarder sans savoir quoi faire

Mon bonhomme lui a proposé de prendre la barre mais il s'est fait jeter. Des ordres brefs, une tête de chien battu, il barre.

Personne ne parle, Chéri s'est lancé dans la lecture d'un livre trouvé à bord mais je ne suis pas sûre qu'il poursuive si l'ambiance repasse au beau fixe.

Chacun cherche à s'occuper en attendant que « la crise » s'estompe.

Sans me demander si j'en avais envie, le skipper m'a passé la barre en m'indiquant le cap.

J'ai préféré accepter ce n'est pas le moment de faire la mijaurée… J'ai regardé Chéri avec des yeux qui appelaient à l'aide mais il n'a pas bougé. Lagaffe qui a compris s'est placé à côté de moi « je suis là, reste calme tout ira bien. » Message reçu, merci !

Le skipper est descendu à la table à carte, il fait des relevés, je pense qu'il doit se dire qu'il va falloir se sortir de cette situation et j'attends avec impatience de voir comment il compte s'y prendre. – Cela peut me servir à la maison quand je décide unilatéralement de faire la gueule.

Les skippers ont tous ce côté changeant et sont parfois difficiles à suivre m'avait-on dit, mais le nôtre est particulièrement déconcertant par certains côtés.

Mère poule quand on croit qu'il va nous bouffer et râleur quand on pense avoir bien fait, calme comme il n'est pas possible de l'être quand il y aurait lieu de paniquer et énervé quand on est calme ou trop calme pour lui.

Il est très conscient de ce qui se passe et il l'avait même prévu, mais pas pour hier au soir.

Il nous avait expliqué et les anciens le savaient, que la fatigue accumulée, le changement de rythme, génèrent souvent entre le sixième et le huitième jour une agressivité à bord. Si cela arrive il suffit de lâcher la pression pendant une journée et tout rentre dans l'ordre disait-il.

Seulement voilà, le skipper s'est fait avoir, le pétard a explosé avant et il a été surpris. Un skipper n'aime pas être surpris !

Le soleil est à nouveau au rendez-vous, il fait bon, je suis en forme et j'ai bien récupéré.

La barre est douce, je prends de plus en plus confiance en moi, le Poète me met en boite sur la couleur de mes cheveux qui sont, paraît-il, en train de virer au rouge. Il faudra quand même que je vérifie, si c'est vrai, j'aurai tout intérêt à rentrer avec un foulard sur la tête.

Chéri qui a déjà abandonné sa lecture s'intéresse aux travaux de couture de Lagaffe et va même jusqu'à le conseiller, j'aurai vraiment tout vu !

On oublierait presque le skipper qui remonte avec une carte.

« Je vous propose de faire un mouillage aux Lavezzi, on pourra profiter du vent, nous y serons vers treize heures, vous êtes d'accord ? » Il n'attend pas la réponse « alors on y va ! »

Ouf, c'est fini pensons-nous, « mais il me semble que c'est l'heure de l'apéro » lance Bavard ; cette fois c'est sûr, on a retrouvé nos marques.

« Dis donc, le Chéri, tu pourrais peut-être prendre la barre, il y a au moins deux heures que ta femme n'a pas été pisser »

Ce n'est pas très élégant, mais c'est gentil.

Comme je descends aux toilettes, il m'accroche avec un grand sourire : « Au fait j'ai reçu un appel en VHF de Thérèse, ses amours vont mal, elle se fait débarquer aux Lavezzi où on la retrouvera, ne dis rien aux autres ce sera la surprise, ils en bavent tous de Thérèse sauf ton Chéri bien sûr ». Tu parles ! C'est un véritable aimant cette fille.

Nous nous sommes retrouvés dans ce merveilleux lagon, le groupe plus soudé que jamais, heureux de vivre ces vacances.

Nous nous sommes vraiment retrouvés après ce coup de blues qui m'avait marquée et laissé penser que c'était foutu, que l'ambiance était cassée.

À peine dans le lagon, au pied de la pyramide, mouillée dans trois mètres d'eau, nous l'avons aperçue, assise sur la plage, avec son sac à côté d'elle, on aurait dit une enfant abandonnée.

Elle était bien là comme prévu et j'étais heureuse de la retrouver. On a tous plongé pour la rejoindre.

Elle a réintégré la cabine comme si elle ne l'avait jamais quittée, j'aurais aimé qu'elle me parle, qu'elle me dise un peu de sa tristesse, mais je n'osais pas lui poser de questions comme je l'aurais fait avec une de mes amies.

Après huit jours, je me sentais plus proche d'elle que je ne l'avais jamais été avec aucune, mais cela ne me donnait pas le droit de rentrer dans son jardin secret. J'espérais pourtant qu'un jour viendrait où elle se confierait. Ce jour-là elle m'aurait vraiment adoptée.

L'après-midi s'est passée en baignade, visite de l'île et des cimetières. Cela était assez surprenant, le Bavard jouait le rôle de guide, mais à voir la mine des équipiers, je pense que j'ai dû avoir une version corrigée et assez croustillante du naufrage de la *Sémillante*.

Le soir, les quelques touristes débarqués le matin des navettes sont repartis, nous avons regagné le bord, crevés mais heureux.

La soirée a été intéressante, nous avons parlé tard dans la nuit, je préfère ignorer le nombre de bouteilles vidées, je ne me suis pas reconnue mais j'étais bien.

Il semblait qu'il n'y ait plus de tabou, chacun parlait librement, Thérèse, comme les hommes, sur des sujets que l'on n'aurait jamais abordés dans un salon ou que je n'aurais jamais imaginé pouvoir aborder avec des personnes que je ne connaissais pas huit jours avant.

J'étais aussi très consciente que je ne pourrais pas non plus en parler avec des étrangers à ce groupe, même mes amies que je connaissais parfois depuis plus de vingt ans.

Il se passait quelque chose de particulier que Chéri avait certainement déjà vécu, mais qu'il n'aurait jamais pu m'expliquer sans me choquer et que je n'aurais, de toute façon, pas pu comprendre. Je réalisais que ce mode de vie permettait de faire tomber un grand nombre de barrières et rendait la vie plus facile.

J'attendais que Chéri donne son avis sur des sujets que nous n'avions jamais abordés, mais il restait dans des généralités comme moi, être en couple ne permettait pas de se libérer totalement.

Certains ont bien tenté de me faire parler, mais j'étais encore assez consciente pour éviter de me lancer dans des détails qui auraient pu le surprendre si j'avais été vraiment franche et honnête.

J'étais un peu frustrée de ne pas pouvoir exprimer ma vraie personnalité, mais je savais aussi qu'il ne fallait pas choquer dans un moment d'égarement.

Je ne sais pas si nous aurons le courage et l'envie de reparler de ces sujets plus tard en tête à tête quand nous serons revenus dans notre univers, je le regrette déjà !

Le skipper relançait sans cesse la discussion, chacun étant bien conscient de se faire un peu manipuler.

La conversation dégénéra ensuite sur les aventures amoureuses de Bavard qu'il nous conta en se faisant prier pour la forme.

Aventures qui, bien sûr, avaient été vécues et qui mettaient toutes en scène des femmes hors du commun ou plus exactement des femmes qui possédaient des particularités physiques que je ne soupçonnais pas.

Ce n'est qu'au bout d'un long moment que je me suis rendu compte qu'avec Thérèse nous étions les plus curieuses de détails.

Les hommes écoutaient pour l'énième fois cette histoire et faisait même parfois remarquer au Bavard qu'il avait oublié un détail, détail toujours assez coquin, alors Bavard, en bon conteur, revenait un peu en arrière et introduisait le détail oublié.

J'avais l'impression d'avoir pris la place de mes enfants quand je leur raconte une histoire, on ne parlait plus, on écoutait, comme seuls savent le faire les enfants, et on riait de ces histoires que l'on savait arrangées pour nous distraire et on en redemandait comme les enfants.

COUP DE VENT

Il ne reste que deux jours avant le grand saut, j'ai de la peine à imaginer le retour, et je m'efforce de ne pas y penser. Un grand saut mais en arrière cette fois, finie la parenthèse.

Allongée sur ma couchette, je me demande comment j'ai pu me passer de l'indispensable. Les enfants, la télé, les copines, ma mère, – même elle – tout ce qui dans ma vie ordinaire me donne l'impression d'exister.

Comme eux et j'en suis assez fière, je suis maintenant capable de prendre le temps, le temps de regarder et non plus simplement de voir, de prendre le temps d'écouter et non plus d'entendre, des bruits qui à mon arrivé ne signifiaient rien mais qui me sont devenus vite familiers et qui me parlent.

Prendre le temps aussi d'écouter l'autre sans lui couper la parole, puisque l'on pourra toujours continuer dans une heure ou demain cette conversation.

Prendre le temps d'observer les mouvements de la houle, de l'ombre qui s'allonge sur la falaise, le temps de sentir les parfums du maquis qui se révèlent le soir avec le vent de terre, le temps de se laisser envahir de chaleur au soleil levant après la fraîcheur de la nuit quand, les yeux encore collés, on distingue avec peine une barque de pécheurs qui relèvent leur filet.

Nous sommes toujours à l'abri dans ce mouillage, mais dehors le vent s'est levé et l'on aperçoit les moutons dans les bouches.

Les prévisions météo ne sont pas bonnes.

Le skipper et Thérèse ont longuement examiné les cartes de la côte Sarde, c'est en principe l'étape extrême avant le retour.

Le skipper très calme nous avertit que le passage des bouches va devenir très mauvais et qu'il nous faut passer le plus rapidement possible pour ne pas nous faire trop secouer.

Il y a une semaine j'aurais paniqué aujourd'hui j'écoute tranquillement, consciente que cela risque d'être plus dur que les jours précédents, mais je suis calme et j'attends.

« Vous passez vos cirés et vos harnais, on prend deux ris tout de suite avant de relever le mouillage, on y va dans dix minutes. »

Le moteur tourne, chacun a trouvé sa place, le skipper observe sans rien dire, les manœuvres se font sans bruits et sans heurts.

Les ris sont pris, l'ancre remontée, nous sommes les premiers à quitter le mouillage.

C'est parti ! surprise, je m'accroche d'un bras à un winch, c'est moral mais nécessaire car la claque a été rude et j'ai la sale impression que le voilier va se coucher sur la mer.

Thérèse à la barre me sourit, je ne suis pas vraiment à l'aise mais je leur fais confiance...

Une première vague passe sur le pont, elle pourrait continuer ou choisir une personne plus aguerrie, mais non, elle est pour moi bien sûr.

Je n'avais pas ma capuche, j'encaisse, les cheveux collés sur le visage ou ce que je considérais comme tel avant, je crache, surprise de ne pas voir sortir un poisson, un filet d'eau glacé me coule lentement le long du dos. Je tente de m'essuyer la figure avec ma manche... mais j'avais oublié que j'étais en ciré.

Cette fois c'est fini, l'eau arrive enfin dans mes bottes. Tous les équipiers sont pliés en deux, même chéri, – lui ne perd rien pour attendre – mais je ris avec eux et je repense à une réflexion du skipper qui m'avait expliqué qu'il avait, depuis longtemps, remarqué que la mer savait beaucoup mieux que lui inculquer aux équipiers un peu étourdis certaines règles de base comme celle qui consiste à fermer son ciré avant et non après la première vague.

J'ai froid, un de ces froids qui part du creux des reins et qui vous envahit sans que l'on puisse le contrôler, un froid qui arrive par vagues successives de plus en plus rapides.

J'ai le ventre vide ou presque, je suis en train de payer les excès de la nuit dernière.

Ce matin, le bol de café qui, je l'espérais, allait me remettre les idées en place me fait l'effet d'un poison.

J'essaye de lutter mais je ne dois pas avoir l'air bien en forme.

« Respire à fond et pense à autre chose » me crie le skipper qui comme d'habitude surveille sans en avoir l'air tout son petit monde.

Il est drôle celui là ! j'ai une boule ou une bulle qui joue au Yo-Yo dans mon estomac, je suis gelée, la tête lourde, la mâchoire crispée et il voudrait que je pense à autre chose.

Chaque fois que je lève la tête, je vois d'abord ce mat immense qui se balance. Je cherche à suivre ses mouvements désordonnés puis je suis fascinée par ce soleil blanc qui tourne dans le ciel comme un oiseau qui voudrait se poser sur le sommet d'un arbre secoué par le vent.

Je me force à regarder ailleurs, la nuque raide, fatiguée, je baisse la tête et je fixe alors la proue du voilier qui monte et descend sur les vagues dans des paquets d'écume. Ce n'est pas mieux !

Je ferme les yeux un instant, je vais être malade, maintenant j'en suis persuadée, il y a encore un moment j'espérais passer au travers.

Je me fais à cette idée, je ne cherche plus à me battre, je vais être malade et les autres le savent.

Le skipper hier encore était surpris que je sois passée au travers de ce petit désagrément, et me disait en riant : « Ne désespère pas, cela viendra bien avant que tu ne débarques ».

Comme si le fait d'être malade était une nécessité qui vous ferait rentrer de plein droit dans la cour des grands.

J'espérais être un cas et j'étais assez fière de m'en être tirée si facilement, mais aujourd'hui…

La bulle est montée un peu plus haut cette fois, accompagnée d'un long frisson qui n'en finit pas ; je ne pense pas que je tienne très longtemps. Je ferme les yeux, j'abandonne…

On bouge à côté de moi, il se passe quelque chose.

Lagaffe, sur un signe du skipper, m'aide à passer sous le vent contre le balcon arrière et refixe mon harnais.

Je voudrais leur demander pourquoi ce changement mais je n'en ai pas le temps. La bulle explose dans ma gorge et dans ma tête, je vois des étoiles cette fois je ne peux plus y échapper.

Le bavard m'a retournée, couchée, la tête à l'extérieur, je tente de pousser sur les bras pour me dégager mais en vain, sa main plaquée sur mes épaules me maintient et me tient.

Je pleure, je crache, je hoquette, je me vide, les yeux fermés, je me laisse aller, je n'existe plus.

Dans un effort, je tourne la tête pour leur dire que c'est fini, que cela va aller, mais eux savent qu'il n'en est rien et qu'un deuxième puis un troisième spasme va encore me casser.

Cette fois on me tire en arrière, on me lâche les jambes, je m'assoie à nouveau, je respire les yeux pleins de larmes, morveuse avec un goût horrible dans la bouche.

Je ne sais pas d'où cela sort mais on me tend des essuies-tout et une bouteille d'eau minérale : « Rince toi mais n'avale pas précise le skipper ». Ils ont tout prévu ces hommes, même une pastille de menthe !

C'est fini, je reprends mes esprits, je n'ai plus froid, je me sens simplement épuisée.

« Prends la barre, c'est le meilleur moyen de ne plus être malade ». C'est bien à moi qu'il s'adresse cette fois c'est sûr, il est fou ce skipper.

Thérèse commence à s'effacer pour me céder la place. « Prends la barre, je resterai à côté de toi » répète-t-il tranquille, décontracté, je dirais inconscient.

Tout se brouille dans ma tête, j'entends à peine Thérèse qui m'indique le cap et me le confirme à vue sur la côte.

Je me décontracte progressivement, c'est moins difficile que je ne l'imaginais. Bien équilibré le voilier fend la mer sans chercher à se dérober. J'ai l'impression de tenir leur vie – et la mienne, j'y pense aussi – dans ce cercle de fer que je serre au point d'en avoir les phalanges qui blanchissent.

Je regarde discrètement les équipiers, ils n'ont pas l'air anxieux. Chéri semble même heureux pourtant il pourrait être vexé, il ne doute pas un instant que si lui me l'avait demandé je n'aurais jamais accepté cette foutue barre.

J'ai mal aux épaules et une crampe dans la jambe, c'est, paraît-il, normal, je suis terriblement concentrée et je ne parle pas c'est encore normal, très bien !

Je n'entends pas les bêtises qu'ils racontent à mon sujet, ça, c'est tout à fait normal !

Je suis heureuse, je reprends confiance en moi je me dépasse, je me surprends, je ne suis peut-être pas aussi mauvaise que je l'imaginais, il fallait simplement que quelqu'un malgré moi me le fasse découvrir.

Je tiens, j'ai un peu froid, mais cette fois c'est certainement la fatigue car le fond de l'air est doux. Je suis mouillée et je pense en souriant que mon slip est trempé… Mais ça, je ne le leur dirai pas.

Le vent forcit encore, nous sommes au milieu des bouches, j'ai dû poser un pied sur un coffre pour compenser la gîte et trouver un équilibre très relatif.

La barre est un peu plus dure mais ça va, le vent monte encore dans les rafales, le voilier se couche et se redresse, vibre, le vent hurle, on ne parle plus, chacun rentre les épaules pour éviter les paquets de mer qui arrivent maintenant de façon régulière et qui noient tout.

Je tiens toujours les mains glacées, – j'en crèverai mais je tiendrai –.

Cela fait une heure que je les promène quand je passe enfin la barre à Lagaffe qui n'attendait que cela, mais qui ne l'aurait jamais demandée.

Il savait que je devais me prouver et leur prouver que j'étais capable d'assurer comme eux. Enfin presque…

Le skipper me masse les épaules pas vraiment avec douceur mais il ne faut quand même pas trop en demander. Ça fait un bien fou et surtout chaud au cœur.

Chéri me fait une place à côté de lui et me glisse « C'était très bien tu sais. » Je m'écroule, je fonds, je rêve mais pas très longtemps « ton harnais, c'est fait pour être crocheté c'est pas pour la déco. » Il a raison ce skipper mais il aurait pu le dire autrement.

Le vent forcit encore, on est secoué, couché, je ne me sens pas à l'aise et surtout je ne sais combien de temps cela va durer.

Skipper et Thérèse se concertent quand Lagaffe commence à avoir des difficultés à la barre.

Skipper explique tranquillement que l'on gîte trop, que l'on dérive, et que nous allons prendre un troisième ris et réduire le génois au minimum. « Si cela ne suffit pas, on lancera le tourmentin. Nous avons encore deux bords à tirer avant d'arriver à l'abri. »

Le tourmentin, je n'aime pas ce nom, il y a des noms comme ça qui sonnent triste même sans savoir exactement ce que c'est, il y a comme cela des noms qui ne m'inspirent pas

Quant aux bords à tirer, je préférerais maintenant que l'on me dise à quelle heure on peut espérer arriver.

Chacun sait exactement ce qu'il a à faire, Skipper a décomposé la manœuvre et confier un rôle à chacun – sauf à moi ! –

Thérèse s'était proposée pour aller prendre le ris. « Non je vais y aller, dit le skipper, fais attention de ne pas me foutre à la mer. Et regarde-moi constamment »

Elle doit vouloir en finir avec la vie, pensais-je !

Je me fais toute petite dans mon coin, ou plus exactement assise au fond du cockpit contre la colonne de barre, je m'efface le plus possible.

Skipper a vérifié son harnais, il est parti, mais il n'a pas fait deux mètres qu'il est recouvert par une vague. Je tourne la tête préférant ne pas voir, mais elle lui est passée dessus et les autres aussi comme un souffle d'air.

Pas une grimace, insensible, il continue sa progression déplaçant ses mousquetons sans même avoir besoin de regarder.

Sa main crochète sur la ligne de vie tandis qu'il adhère au pont, se confond avec lui pour donner moins de prise à la mer.

Un ordre bref, et il affale une partie de la grand-voile, je ne sais pas exactement ce qu'il fait, mais il le fait vite avec précision, la voile remonte moins haute, un ordre encore, et elle est plate, bien étarquée.

Il est de retour, le tout n'a pas duré plus de deux minutes, il reprend un réglage, réduit le génois et pousse le chariot sous le vent.

Le skipper laisse les équipiers terminer les réglages, mais on sent qu'il est là, comme un félin prêt à bondir si par accident l'un ou l'autre faisait une fausse manœuvre.

« Merci on reprend le cap ».

C'est comme cela qu'il nous indique que tout va bien et que l'on peut à nouveau se détendre.

Sans être confortable, c'est maintenant plus calme, on attaque le dernier bord, et chacun veut barrer pour se faire un peu peur.

Je reprends ma place, assise à côté de Lagaffe. Pour la barre et les émotions, j'ai assez donné pour aujourd'hui. Merci !

Je réfléchis et je prends conscience qu'il nous faudra encore du temps avant de pouvoir partir seuls et être capables de maîtriser ce genre de situation.

Je me dis aussi que la vraie question n'est peut-être pas celle là.

Accepterai-je un jour de faire confiance à mon mari comme je fais confiance au skipper ? Cela, je ne le saurai que plus tard, et il vaudrait mieux pour nous que ma réponse soit oui et sans réserve.

Nous nous rapprochons de la côte, la mer est maintenant moins forte, tout le monde reprend vie, Thérèse qui connaît bien le coin indique la route de mémoire, le skipper lui a cédé la place, c'est elle qui nous guide, je suis en admiration, j'ai l'impression de rentrer dans la falaise tant la passe est étroite.

Le génois est roulé, la grand-voile affalée, le moteur tourne doucement, nous sommes arrivés !

Oubliées les deux heures passées, trempés, harnachés, frileux, dans ce ciré qui gène les mouvements les plus simples.

Fini ce vent qui fait faire le gros dos, ce vent qui charrie des paquets de mer que l'on ne peut éviter. Finie cette mer hachée sous un soleil blanc dans un ciel de lait.

Oublié le bruit qui vous isole qui vous enferme. Vide, on fait le vide dans sa tête, dans son corps et en un instant tout bascule.

Je crie encore mais la voix porte, les pieds bien à plat, les mains libres et disponibles je récupère.

Tout est calme, sécurisant, moment de détente, moment de plaisir ou l'on a l'impression de renaître.

J'ai envie de les embrasser, c'est génial !

LES GITANS DE LA MER

Le repas a été copieux et bien arrosé, il est déjà tard dans l'après-midi, les hommes sont partis pécher.

Je reste à bord avec Thérèse. Allongées sur le pont, nous bavardons. Elle est soucieuse, je crois comprendre que ses rêves se sont envolés.

Le skipper avec qui elle devait embarquer, et qui était son copain du moment lui a trouvé une remplaçante. « Ce n'est pas très grave » dit-elle, je ne sais pas si elle pense à son copain ou à son job. « J'ai trois semaines à passer avant un convoyage sur la Turquie et à cette époque il est difficile de trouver quelque chose, surtout ici. »

J'ai très envie de lui dire que je l'emmènerais bien avec moi pour les trois semaines, mais ce serait ridicule, elle aurait autant de difficulté à se fondre dans notre milieu que j'en ai eu à découvrir le sien.

« Comment vois-tu l'avenir ? » Je ne sais pas ce qui m'a poussé à lui poser cette question idiote, d'autant plus idiote que je sais maintenant que ses réflexions, sont des réflexions à court terme, que son unité de temps est la croisière ou au plus la saison, que contrairement à nous, elle ne nourrit pas de projets, mais rêve.

La différence est grande, si l'on considère que nos projets aboutissent souvent à des échecs qui nous marquent, alors que son rêve se renouvelle au gré des rencontres.

« Penser à l'avenir pour moi et pour ceux qui vivent comme moi est une utopie, dit-elle, et je refuse de jouer à ce jeu dangereux.

Je sais simplement que je ne pourrai plus jamais vivre comme toi, non pas que je rejette ta façon de vivre que je peux comprendre, mais parce que je l'ai déjà essayée et qu'elle ne me convient pas.

Il faudra simplement un jour que je me décide à partir pour partir, quand j'aurai accepté l'idée qu'il n'y a justement pas de place et d'avenir pour moi ici.

— Mais partir c'est quoi ? » insistais-je.

Je devais maintenant aller au fond des choses, il y avait trop de contradictions entre mes impressions et une certaine réalité que je commençais à percevoir.

« C'est indéfinissable, un jour quelque chose te pousse à partir. L'idée passe insidieusement dans ta tête, au début ce n'est qu'une idée parmi tant d'autres, une idée si floue qu'elle ne vaut pas la peine d'en parler à l'autre – Si un autre il y a –.

Et puis l'idée mûrit, partir, l'idée se concrétise un peu plus chaque jour, et devient le centre de toutes les réflexions, elle s'organise, les éléments se mettent en place.

C'est toujours ainsi que cela arrive, leur arrive. Mais cela n'arrive pas qu'aux autres, chacun de nous peut-être pris par ce besoin de s'évader.

Pour les uns c'est une fin, pour les autres un renouveau. Une fin si c'est une fuite ce qui est malheureusement souvent le cas, un renouveau si c'est un choix.

Dans notre milieu, le passé et le futur se confondent trop souvent.

Le passé, ils connaissent, c'est souvent un mélange de regrets, d'occasions loupées et de moments de joie intense, qu'ils ont vécus en mer, et qu'ils racontent pour montrer qu'eux aussi ont eu du bon temps.

Pour le futur, ils savent qu'ils n'ont pas grand-chose à espérer, ils ont fait le tour de toutes les possibilités et rien ne les retient, pas même un petit espoir ou une petite chance à laquelle ils pourraient se raccrocher.

Ils savent que la saison qui vient sera une saison galère comme la précédente et comme celle qui suivra.

Que leur seul lien avec la mer tient dans le fait qu'ils vivent sur un bateau malheureusement enchaîné à un quai !

Ils savent aussi que l'hiver, la mer est vide, qu'il faudra tuer le temps en rêvant, en se couchant tôt et en se levant tard pour que la journée soit plus courte.

Alors un soir, ou un matin un peu plus dur que les autres on fait allusion à ceux qui sont partis, cela vient naturellement en utilisant un objet ou en relisant un livre que ces derniers ont laissé ou oublié.

Que sont ils devenus ? Quelqu'un les a revus un jour dans un port, sur une île, mais les renseignements étaient flous imprécis.

Oui il s'agissait bien d'eux pourtant, ils avaient changé de voilier, ils avaient monté un charter dans les îles ou ouvert un restaurant mais on n'a pas pu préciser s'ils avaient vraiment réussi !

Et puis il y a ceux que l'on n'a jamais revus, les plus nombreux, ceux là pourtant ne sont souvent pas très loin mais ils se terrent, honteux d'avoir échoué.

Alors, on se remémore tous ceux que l'on a croisés et qui sont partis, qui un matin ont largué les amarres, parce que d'autres avant eux étaient partis en rêvant d'un été qui dure toute l'année, de lagons, de cocotiers, d'un paradis où tout est possible.

L'idée germe, se précise et chasse toutes les autres même si on ne peut mettre un nom sur ce paradis, on sait déjà que c'est ailleurs.

On commence à en parler autour de soi, aux voisins, aux amis.

Il y a quelques jours ils avaient encore le choix mais maintenant il n'y a plus de choix. Pour tous ils partent !

Tout leur capital est sous leur pied, c'est à lui qu'ils vont consacrer toute leur énergie pour recommencer différemment même si les plus conscients sont persuadés au départ qu'ils fuient un passé qui risque de les rattraper.

Ici, là-bas.

Ici, tout est trop difficile, ils se sentent étrangers dans ce monde qui n'a jamais voulu les intégrer parce qu'ils ont toujours voulu être différents et qu'ils revendiquent de façon parfois un peu provocante cette différence.

Là-bas, ils seront avec les leurs, ils auront vécu une même aventure, celle des gitans de la mer.

C'est sur des constats aussi flous et aussi faux qu'ils se conforteront dans l'idée que seul le départ peut les sauver.

Alors arrive le temps de l'espoir, le rêve est devenu réalité et se concrétise très vite au début, trop lentement après.

La vieille coque est mise à sec, on économise, on accepte tous les petits boulots, même les plus pourris. Tout passe dans le voilier, on ne mange pas toujours à sa faim mais on vit heureux parce que l'on a enfin un but.

Le temps passe, les travaux sont souvent plus importants que prévu, l'argent manque, on fait l'impasse sur une multitude de modifications ou d'aménagements que l'on jugeait importants au départ, on ne garde que l'indispensable en rêvant à des jours meilleurs.

On devient intéressant pour les autres, on sort de l'anonymat, les voisins vous aident, vous indiquent les bonnes affaires, votre réussite sera un peu la leur, et surtout la preuve que cela est possible et qu'ils pourront à leur tour rêver et pourquoi pas, partir eux aussi.

Enfin, un matin, après avoir reculé la date fatidique autant qu'ils le pouvaient ils partent discrètement au petit jour.

Ils partent pour vérifier que tout va bien sûr le voilier et surtout dans leur tête car beaucoup n'ont plus ou n'ont jamais eu cette communion indispensable avec les éléments.

Certains n'iront pas très loin et recommenceront à quelques dizaines de milles la même galère encore plus déçus.

D'autres plus chanceux ou mieux préparés, iront grossir le flot des anonymes de l'autre côté de l'océan…

Ceux-là auront au moins pour eux d'avoir réussi cette partie du voyage, une façon comme une autre de tirer un trait sur une certaine forme de malédiction qui leur collait à la peau ».

Le silence est retombé, les yeux clos, elle reste allongée comme si son récit se prolongeait mais maintenant sans témoin.

Combien de fois a-t-elle vécu ce qu'elle a raconté avec tant de passion, combien d'amis et d'amies a-t-elle ainsi perdus. Il y a des récits que l'on ne peut pas inventer.

Je l'ai laissée seule, je ne pouvais pas l'aider, je me suis assise et j'ai pleuré, ce n'est pas comme cela que j'imaginais ce monde et surtout pas ainsi que j'étais en train de le vivre.

Chéri et Lagaffe sont de retour. Lagaffe est blanc comme un linge, il a ramassé sur l'épaule la seule méduse qui devait traîner dans le coin, mais il n'y a là rien d'étonnant, c'est une habitude chez lui.

Il se plaint d'avoir l'épaule paralysée, il transpire et semble complètement paniqué.

Thérèse est allée lui chercher une pommade dans la pharmacie de bord et lui masse l'épaule ;

contrairement à son habitude, il ne plaisante pas, et se voit déjà évacué par hélico…

« Le dernier cas que j'ai vu, dit Thérèse qui a envie de rire mais n'ose pas encore, le gars est tombé en syncope deux jours après.

— Et qu'avez vous fait ? demande Lagaffe qui est de plus en plus inquiet.

— Eh bien on s'est partagé ses affaires, le bonnet de laine que je porte, je lui ai enlevé juste avant que l'on balance le corps à la mer ».

Lagaffe lui jette une chaussure qu'elle évite et qui tombe à l'eau. Il va mieux !

« Tu n'as plus qu'à replonger, lui dit-elle. C'est celle du skipper ».

POINT FINAL

J'ai très mal dormi, c'était ma dernière nuit en mer. Hier soir on a fêté ça discrètement, sans en parler pour ne pas casser l'ambiance, mais le cœur n'y était pas et chacun y pensait très fort.

Je réalise que je serai la seule à débarquer puisque les autres vont ramener le voilier sur le continent

J'ai vraiment été stupide de prendre un billet d'avion pour échapper à la traversée, mais je ne pouvais pas imaginer au départ que j'éprouverais autant de plaisir à vivre cette vie et surtout imaginer que la fin de mon séjour me serait moralement si pénible.

Il est trop tard pour avertir belle-maman que je lui laisse ses petits-enfants trois jours de plus.

La situation était déjà tendue il y a deux jours, à croire que ces amours ont fait encore plus de bêtises que d'habitude. J'ai déjà cru que la rupture était consommée quand je lui ai demandé de venir m'attendre avec eux à l'aéroport.

J'ai très mal dormi, mais ce matin, je sais que je repartirai et c'est suffisant pour me redonner le moral.

J'ai eu la nuit pour réfléchir et les idées folles de Chéri ou que je considérais comme folles à l'époque me sont revenues.

J'ai beau me dire qu'il ne faut rien précipiter, qu'il faut prendre du recul, je sais que je ne vais penser qu'à cela une fois rentrée.

Bien sûr il y a Thérèse, qui après des années de cette vie se cherche encore, mais se cherche-t-elle plus que d'autres autour de moi qui sont seules ou mal accompagnées ?

Mais il y a le skipper qui lui, me rassure, il n'a pas d'état d'âme et semble très bien vivre dans ce milieu qu'il a choisi après avoir vécu dans le nôtre pendant des années.

Mais la réponse est peut-être là, il avait comparé et fait ce choix librement.

Je ne l'ai pas entendu arriver et il me surprend, hasard ou transmission de pensée je ne le saurai jamais.

Nous sommes là seuls à l'avant et il s'assoit près de moi avec un grand sourire.

Aurait-il envie de parler ? ou de me faire parler ? ce qui serait plus dans son style.

Ce matin, il est direct, il veut connaître mes impressions, tout ce que j'ai ressenti pendant ces dix jours et surtout mesurer la déprime qui se lit sur mon visage.

Les autres le savent et restent à l'écart pour nous laisser en tête à tête. Chéri en particulier semble me fuir ce matin.

Rien n'est très clair dans ma tête, tout se brouille et je dois lui paraître un peu incohérente et stupide.

Je ne situe plus la croisière comme une chronologie mais comme une succession de séquences désordonnées et sans liens apparents.

« Tu reviendras » me dit-il « mais avec d'autres idées.

À ton retour, ta mémoire va te jouer des tours, et tu ne retiendras que des détails presque insignifiants, futiles mêmes…

Seulement dans un contexte particulier ou dans la vie ordinaire, ils deviendront magiques et te paraîtront essentiels au point d'avoir certains jours envie de tout plaquer pour partir.

Au contraire, les mauvais moments, ceux pendant lesquels tu étais confrontée aux éléments, moments qui te sont apparus comme pénibles et même dangereux, tu les oublieras, pire ils te donneront l'impression d'être forte alors que tu n'as rien vécu et te pousseront à l'erreur dans ton choix ».

« Combien de temps avant de décider ? » demandais-je.

« Il n'y a pas de temps, il n'y a que l'expérience comparée et une volonté très forte et réfléchie de changer.

Vous vivez dans une société organisée où l'on cherche essentiellement la reconnaissance et la réussite, une société qui engendre des rivalités et des affrontements plus violents et plus pernicieux que ceux de l'homme avec les éléments.

On ne sort pas aussi facilement de cette société, pour plonger dans l'anonymat et le néant du jour au lendemain quand on a vécu depuis son enfance dans cet état d'esprit.

On ne rentre pas dans ce que certains appellent désert, errance ou solitude sans une préparation et une longue réflexion si l'on ne veut pas courir à l'échec.

Ce n'est pas encore le moment pour vous de choisir et pour toi de rompre avec ta vie actuelle, même si tu y penses si fort que je l'entends.

Vous devrez apprendre à vivre ensemble dans ce lieu privilégié où les relations sont plus fortes parce que l'espace est clos, et les émotions décuplées, comme la peur qui peut-être immense si tu es seul et impuissant face aux éléments.

Microcosme où le temps n'a plus la même valeur, où l'instant prend le pas sur le projet qui lui même évolue au fil du temps.

Tu réaliseras tout cela au cours de tes prochaines expériences avec et sans lui, jusqu'au jour où vous déciderez que le moment est venu de vivre autrement. Mais même ce jour-là, il faudra laisser la porte de la cage ouverte pour vous permettre de revenir si par expérience vous découvriez que vous vous êtes trompés.

Tu ne dois pas être triste bien au contraire, tu viens de découvrir un monde que tu ignorais. Tu es plus forte que tu ne l'imaginais, et tu a réalisé que l'on peux vivre vivre autrement avec d'autres références que celles qui étaient hier encore les tiennes.

C'est certainement la chose la plus importante que tu ramèneras de ta croisière et qui te facilitera la vie quand tu douteras de toi et de lui. »

Il s'en va comme il était arrivé, lance une bêtise à Thérèse, reprend machinalement un réglage, s'inquiète de savoir si le repas est bientôt prêt, pendant qu'un peu sonnée je tente de mettre de l'ordre dans mon esprit bien perturbé.

J'évite le regard de Chéri qui doit s'inquiéter. Ce n'est pas le moment de parler de tout cela.

Je suis tombée, comme d'autres avant moi, sous le charme de la ville et de la citadelle. Bonifaccio, je l'ai parcouru en long en large et en escaliers, je suis épuisée mais je veux encore et encore une dernière image, un dernier souvenir des Bouches, des Lavezzis et de la Sardaigne que je devine dans la brume.

Lieu magique entre ciel, mer et terre, c'est bien ici qu'il fallait mettre un point final à cette parenthèse.

Ce soir, j'aurais pu faire un effort, j'avais à ma disposition tout ce qu'une femme peut souhaiter douche, séchoir, et un miroir un vrai !

Par esprit de contradiction ou pour leur faire savoir que quelque chose avait changé, je me suis simplement lavée. Pas de séchoir, pas de maquillage, Thérèse m'a regardée et a souri « tu es très bien comme cela ».

Ils n'ont pas eu l'air surpris non plus quand je suis sortie, simplement étonnés de la rapidité avec laquelle j'avais troqué un jean bien sale et un tee-short douteux contre un short, un chemisier et une paire de tennis propres. Pour seul bijoux, un collier fantaisie acheté par Chéri sur le port, mais qui a plus de valeur que le collier de perles fines de ma grand-mère et un bracelet de fils de couleur tressé par Thérèse qui me l'a offert et noué au poignet.

Je me sens tout à fait à l'aise, le bronzage bien marqué, quelques kilos en moins, je suis bien dans ma peau et bien dans le décor.

Nous avons dîné sur le port en rêvant à nos prochaines croisières, plus longues, plus loin.

Skipper nous promet de nous étonner, de nous faire découvrir d'autres lieux plus beaux, plus sauvages, minéral. Nous ne saurons jamais où se situe ce paradis, peut-être au paradis des skippers !

Mais l'important n'est-il pas de nous faire rêver ?

Je le regarde, il parle tranquillement et ne semble pas affecté par notre départ, une carapace qui le met à l'abri des émotions, c'est là toute sa force ; lui reste dans son milieu.

Il sait que dans deux semaines il se retrouvera là avec un autre groupe, peut-être à la même table avec un autre poète, un autre bavard, un autre couple qui se cherche.

Il sait qu'il lui faudra les réconforter, les animer, leur donner l'impression qu'ils vivent quelque chose d'exceptionnel ce qui sera vrai.

Il sera le même avec les mêmes mots, qui font mal ou qui font du bien.

Thérèse écoute, le poète joue ses dernières cartes avec elle, le grand jeu ; elle, imperturbable l'écoute sans l'encourager mais sans lui faire de peine, il pourra toujours rêver !

Chacun lui promet de lui écrire, de lui envoyer des photos de la croisière. À son tour, elle promet mais que ne promettrions-nous pas ce soir !

Je réalise en les regardant et en les écoutant qu'ils ne sont déjà plus là, ils se projettent dans le futur avec leurs souvenirs.

Chéri ne dit presque rien, il est assis près de moi, son genou presse ma jambe, nous sourions de temps en temps en nous lançant un regard complice.

Au dessert, skipper m'offre un livre de la part de tout l'équipage, c'est, paraît-il, l'habitude quand il y a une ou des femmes à bord.

Le naufrage de la *Sémillante*, heureusement que la croisière est terminée…

« C'est très différent de la version que le Bavard à pu t'en donner, c'est un souvenir dédicacé par l'équipage » me précise Skipper.

En effet, la deuxième page de couverture est pleine de dédicaces.

« Que la mer et les vagues bercent tes nuits sous les étoiles » Skipper.

Je lui saute au cou en le remerciant pour ce visa sur l'avenir.

« Merci ! » Thérèse.

Je la serre dans mes bras sans comprendre son merci, elle m'a tant donné, mais peut-être a-t-elle voulu me remercier de l'avoir acceptée, écoutée, naturellement.

L'important est de lui avoir apporté quelque chose même si elle est la seule à l'avoir ressenti.

« La mer est un lieu où l'on se perd pour mieux se retrouver » Chéri.

Je l'embrasse comme aux premiers jours, j'en suis à nouveau amoureuse, je cale ma tête contre son cou, je suis bien.

Je ferme les yeux, je rêve d'un grand voilier blanc, il est à la barre et je m'occupe des enfants.

Personne ne remarque les larmes de joie qui coulent sur mon visage.

Les autres ont fait dans l'humour et je les embrasse, Bavard en profite un peu, le Poète me dit qu'il rêve de trouver une femme comme moi « si un jour ça ne va plus avec ton Chéri passe-moi un coup de fil, je veux bien encore lui payer une reprise en seconde main c'est dans mes moyens ! »

Lagaffe m'a juste écrit « partir avec moi c'est l'assurance qu'il ne t'arriveras rien ». C'est vrai que le pauvre attire sur lui les ennuis comme un paratonnerre la foudre.

Je lui dis qu'il se fait des idées, que j'espère bien repartir avec lui, mais il a l'air triste et j'apprendrai un peu plus tard qu'il se doutait déjà que sa femme avait profité de son départ en croisière pour partir aussi mais définitivement.

Un minibus à la capitainerie attend ceux qui rentrent en avion.

On s'embrasse encore, on se fait encore des promesses de se revoir, de s'écrire rapidement.

Parmi eux, il y a ceux qui restent, ceux qui partent, ceux qui se sont connus et qui se séparent après un amour de vacances, celles qui pleurent, ceux qui ont l'air pressé de voir le bus partir pour en finir, ceux qui commencent à chercher la clef de leur voiture, de leur appartement, leur billet d'avion…

Un groupe chante « Ce n'est qu'un au revoir.. » et j'ai des frissons à l'idée de laisser Chéri seul. Je dois me raisonner, il est encore capable de se prendre en charge je ne vais pas me mettre à le couver.

LYON SATOLAS

Je récupère mon bagage, il est plus léger qu'au départ, j'ai discrètement laissé à Thérèse une bonne partie de mon équipement.

J'aperçois vite à la sortie les enfants qui m'ont reconnue – c'est déjà ça ! – et me sautent au cou et belle-maman qui a l'air horrifiée !

Il est vrai que j'ai gardé la même tenue que celle que je portais hier soir à Bonifaccio.

« Que vous est-il arrivé, avez-vous réalisé que vous êtes à Lyon et plus chez les sauvages ? Heureusement, vous pourrez toujours passer pour une de ces femmes qui arrivent dont on ne sait où »

« Tu es belle maman, tu sais, tu m'accompagneras à l'école habillée comme cela, tu seras la plus belle.

— Merci tu es gentil.

— Moi, je dirai à la maîtresse que tu as fait du bateau et que tu es revenue sans robe et négresse.

— C’est ça mon chéri, ça promet… ».

Belle-maman marche devant, nous ignorant, elle hésite un instant et monte dans le même taxi que nous. J’ai eu peur !

« Vous me déposerez le plus vite possible et assez loin de chez moi, je ne tiens pas à me faire remarquer moi ! »

ÉPILOGUE

Lanzarotte, Fuerteventura, Santa Cruz de Ténériffe. Notre dernier port est déjà loin, je ne compte plus les jours, les semaines, le temps n'a plus de prise sur notre vie.

Je vis, nous vivons, heureux, tous les quatre unis, libres et dépendants à la fois.

Une année s'est écoulée depuis mon premier embarquement, une année, jour pour jour.

Confortablement installée à la barre, sous pilote et voilure réduite, j'ai la tête dans les étoiles.

Une petite lampe éclaire faiblement la tablette installée pour la nuit et sur laquelle nous disposons notre 'petit bazar' comme dit Chéri. En fait il s'agit pour moi d'avoir sous la main de quoi grignoter, boire, et lire.

L'air est doux, le vent faible, un fond de houle que je ressens au creux des reins comme la main d'un ami qui vous incite à aller de l'avant.

Une symphonie de Mozart couvre le bruit discret et cadencé de la mer

Heureux anniversaire, mais il n'y a que moi pour m'en souvenir, pour Chéri tout cela est devenu naturel, comme si nous avions toujours été là, à ses côtés.

J'ai quatre heures devant moi avant l'aube. Je n'aurai pas besoin de les compter, je sais qu'une lueur apparaîtra sur l'horizon, qu'il fera un peu plus froid, que les étoiles se dilueront dans le jour naissant. Il sera alors temps de préparer un bon café et de réveiller Chéri pour le quart montant.

Les enfants dorment dans leur cabine, calmes, heureux. Tout est douceur.

Cette nuit j'ai repris toutes les lettres que nous avons reçues en poste restante aux Canaries. Je vais les lire, les relire, m'arrêter sur chaque mot pour mieux sentir l'émotion, les messages, le non dit.

Thérèse m'a envoyé une longue lettre, elle ne me demande rien sur ma situation, sur mes impressions, pour elle cela n'a rien d'exceptionnel, je suis au contraire rentrée dans sa normalité.

Elle est heureuse, elle est arrivée au bout de sa quête. Avec Skipper ils ont hiverné en Turquie, et pensent changer de voilier au printemps. Tout est clair maintenant qu'elle est fixée, elle va enfin pouvoir vivre la vie qu'elle avait choisie mais qu'elle n'espérait plus.

Ils ont des projets plein la tête, projets qu'individuellement ils ne pouvaient mener à bien. Ce que je conçois tout à fait aujourd'hui.

Ils nous avaient invités à les rejoindre, ce que nous aurions fait si Chéri n'avait pas trouvé ce convoyage sur Dakar.

Une aubaine, je n'ai pas hésité, j'étais prête. Juste le temps de s'organiser pour une absence de quatre mois, et nous embarquions un billet d'avion en poche pour le retour.

J'avais refait plusieurs sorties et un long stage de croisière hauturière en avril, de la navigation 'at home' tous les jours ou presque, lu tous les ouvrages météo possibles et les récits de navigateurs célèbres dont j'ignorais même l'existence.

La maison ressemblait à une librairie marine, et Chéri se demandait s'il n'allait pas falloir consacrer une chambre à cette fin. Il faut préciser qu'il venait de passer tout un week-end à chercher sa déclaration d'impôt qui s'était insidieusement égarée entre Corse et Sardaigne dans une carte marine.

La lettre du Poète que je relis est un hymne à l'amour avec un grand A, il a enfin trouvé l'âme sœur, une femme avec un enfant tout fait, il est ravi et pense rapidement agrandir la famille.

Il veut nous inviter à notre retour pour convaincre sa copine d'embarquer. Nous avons bien ri en repensant à cette fameuse soirée, au cours de laquelle un couple de jobard m'avait convaincue à l'usure des plaisirs de la croisière.

J'avoue avec le recul que je ne regrette rien, mais nous tâcherons de la décider avec des arguments plus convaincants.

Le Bavard aussi nous a écrits. Il ne parle que de repartir, dans une lettre délirante où entre deux citations il nous explique qu'il aimerait s'installer à Ibiza. Les raisons sont à la hauteur de ses fantasmes. Il a lu un article de presse vantant outre la beauté des paysages, la beauté des femmes. « Tu te rends compte, le soir les femmes sont à moitié à poil dans les rues, c'est commun là-bas ».

Ce doit être formidable en effet !... J'apprécierais certainement ! Il faudra de toute façon lui organiser quelque chose, ou il va continuer à faire une fixation sur Ibiza et fantasmer jusqu'à l'été prochain.

Les lettres de Lagaffe sont toujours surprenantes, et nous les ouvrons avec une certaine appréhension. Il va de prouesses en prouesses. Il est encore dans le plâtre, une jambe cette fois, après trois semaines en extension dans une clinique spécialisée.

Il n'avait pas vu les filets de sécurité et a sauté une barre rocheuse en ski de printemps. Comme il l'écrit très sérieusement : « Il n'y avait jamais eu d'accident à cet endroit-là avant, et il a fallu que ça tombe sur moi. »

Où il nous inquiète c'est qu'il envisage de pratiquer le parapente.

Il regrette de ne pas être avec nous, mais je ne cache pas que je préfère qu'il ne nous ait pas accompagnés pour ma première aventure. C'est le genre d'homme à réveiller des volcans ou à déclencher des tempêtes.

Je sais aussi que de façon un peu égoïste je voulais vivre cette expérience avec les miens, rien qu'avec les miens.

Les lettres de mes amies, les autres, se font de plus en plus rares, de plus en plus courtes. Une formalité, les bonnes manières. On n'abandonne pas une égarée.

Leurs histoires de cœur me touchent moins aussi et me laissent même un peu indifférente. Cela doit se sentir dans mes réponses. Ma vie et mes récits doivent leur paraître ternes, nos projets un peu fous. Autant de petits détails qui à terme vont me couper de la 'tribu'.

Les projets nous en avons. Il faudra économiser c'est certain, mais ce sera facile. J'ai réalisé que beaucoup de mes dépenses n'avaient pour seule raison que de compenser un mal de vivre et justement une absence de projet.

On ne changera pas ma voiture poubelle, elle roule encore et me suffit. Pour les toilettes si je fais abstraction des petites variations de mode auxquelles j'étais très attachée, j'ai de quoi m'habiller pendant dix ans.

J'ai trouvé un travail dans une agence de voyages ; j'ai enfin réalisé que les enfants grandissent et peuvent se passer de moi, se débrouiller sans que je sois constamment derrière eux. J'en ai vraiment pris conscience en les voyant évoluer sur ce voilier.

On économisera d'autant plus facilement que l'objectif avoué est d'acheter un voilier et de partir pendant un an au moins en famille.

J'ai refait les comptes, en considérant son année sabbatique, les réductions d'impôt, les petits boulots… Ça doit passer. Cela me rappelle quelque chose mais à l'époque je ne savais pas, ignorante que j'étais.

Seule ombre au tableau, mais Chéri en rit, ma belle-mère. Dans une lettre d'une page adressée à son fils, à notre dernière escale, elle m'accuse d'entraîner Chéri dans une affreuse aventure !

Peut-être n'a-t-elle pas tort ? N'est ce pas moi qui lance au moment du départ : « Chéri tout est paré on largue les amarres »…

TABLE DES MATIÈRES

ACHEVÉ D'IMPRIMER SUR LES PRESSES
DE L'IMPRIMERIE KELTIA GRAPHIC
29540 SPÉZET
POUR LE COMPTE
DES ÉDITIONS L'ANCRE DE MARINE
35400 SAINT-MALO

—

LE 25 MAI 1999

—

DÉPÔT LÉGAL : 2e TRIMESTRE 1999